미움 하나 붙잡고
육십 년

미움 하나
붙 잡 고———————육
십
년

임영빈 지음

슬로래빗

미움을
내려놓는 날

태어나서 처음으로 살아 보고 싶어졌다. 자유롭고 행복하게.
나이가 몇이냐고? 63세, 환갑이 넘은 나이다. 참 한심하다.

이 나이 먹도록 살고 있는 줄 알았다. 죽어 있는 걸 몰랐다.
나에게 미안해도 한참 미안한 일이다. 하루 세끼 밥 먹고 똥 싸
고 숨 쉬면 사는 건 줄 알았다.

아버지가 64세에 돌아가셨다. 아버지를 닮았다면 남은 날이
1년여? 우물쭈물하다가 이 꼴 날 줄 알았다더니, 딱 내가 그 꼴
이다.

살면서 제일 많이 한 일이 무엇인가? 참은 거다. 착한 척한 거다. 그게 미움인지 몰랐다. 분명 사랑이 아니니 미움인 게다. 살면서 제일 많이 한 일이 미워한 게다. 나도, 남도, 세상도.

바보 같다.

1년 후에 죽을지, 106세까지 산 할머니를 닮아 몇십 년을 더 살지 모른다. 할머니는 90세가 넘어서도 "이 좋은 세상에!" 하고 노래를 부르셨다. 더 이상 할 일도 없는 노인네가 웬 욕심은 그리 많나 속으로 욕을 했다.

이 나이 되고 보니 할머니 말씀이 진리였구나 싶다. 어쩌면 어리석은 막내 손녀딸이 이 좋은 세상을 한 번도 좋게 살아 보지 못할 걸 아시고 미리 귀띔해 주셨을까?

뻔뻔스럽게 책을 쓰겠다고 마음먹었다. 이제 그만 미움을 내려놓고 싶었다. 돌이켜보기에도 수치스럽지만 더 이상 피하지 않고 나를, 내 삶을 직면해 보려 한다.

어떻게 쓰겠다는 큰 작정은 없다. 글쓰기의 치유 능력을 믿고 손이 가는 대로 써 나가겠다. 한 장 한 장 글을 쓰면서 미움을 쓸 수밖에 없었던 나 자신을 이해하고, 가족과 다른 사람을 이해하고, 세상을 받아들일 수 있으면 좋겠다.

미움마저도 사랑이며 미움이 컸기에 사랑도 컸지만, 알지
못하고 믿지 못해 고이 간직해 두기만 한 사랑을 꺼내 쓸 수 있
게 되면 좋겠다.

환갑 넘어 첫 인생을 시작하려는 나에게,
평생 외면하고 버려두었던 나에게
격려와 박수를 보내고 싶다.

1장

나는 늘 피해자였다

내게는
가족이 없었다

나에게 가족은
그냥 각자 자기 삶을 사는 존재이며
어떠한 의존도 허용되지 않는
관계였다.

20대 때 학생운동을 하다 노동 현장으로 들어갔다. 학생 신분을 속이고 간 것이다. 처음 간 회사는 부평의 꽤 큰 봉제 공장이었다. 가죽옷을 만드는 곳이었는데, 재봉사를 돕는 보조로 일을 시작했다.

생활은 공장에 딸린 기숙사에서 했다. 아침에는 세면실이 밀려서 머리라도 감으려면 새벽 5시에 일어나야 했다. 출근해 일하고, 퇴근해 식당에서 밥 먹고, 잠자는 생활의 연속이었다. 일하면서 틈틈이 재봉사 일을 눈여겨보았다가 쉬는 시간마다 따라 해 보았다. 1년여 공장 생활을 하니 어느 정도 재봉사 흉내를 낼 수 있게 되었다.

자신은 없었지만 남대문 시장에 재봉사로 취직했다. 공장 다니며 모아둔 돈으로 구로동에 방을 구하고 나니 다음 월급 때까지 생활비가 부족했다. 차비 빼면 하루 한 끼씩 먹을 돈이 남았다.

남대문 시장 일은 공장 일보다 힘들었다. 야근에 철야까지 했다. 하루 동안 입에 들어가는 것이라곤 점심 한 끼. 밤새 일하고 잠시 쉬었다 재봉틀 앞에 다시 앉으면 속이 메슥거렸다. 배는 고픈데 입맛이 없어 거의 매운 냉면으로 때웠다. 밤에 구로동 방으로 돌아가 문을 열면 쥐가 찍찍거리며 달아났다. 마당

한편 수돗가에서 찬물로 대충 씻고 잠자리에 들었다.

왜 그렇게 살았느냐고 물을지 모른다. 가족이 없었냐고.
있었다. 부모님에 오빠 셋에 언니, 할머니까지. 가족이 멀쩡
하게 있었다.
그런데 없었다. 내게는 가족이 없었다. 배고프니 밥 사 먹게,
돈 좀 달라고 말할 가족이 없었다. 아니, 그런 말을 해 봐야겠다
는 생각조차 들지 않았다. 나에게 가족은 그냥 각자 자기 삶을
사는 존재이며, 어떠한 의존도 허용되지 않는 관계였다.

공장 생활을 마치고 운동권 조직에 들어갔다. 철저하게 보
안이 유지되는 언더그라운드 조직이었다. 1979년 박정희 정
권 말기, 잡히면 고문당하고 몇 년에서 몇십 년 감옥 생활을 각
오해야 했던 엄혹한 시절이었다. 사회과학 서적을 읽고 시위에
참여했다. 누군가를 만나러 갈 때는 버스를 여러 번 갈아타며
미행을 확인해야 했다.
어이없는 일로 조직이 발각되어 나라가 떠들썩했다. 동료들
이 줄줄이 잡혀가는 것을 보면서 몇몇과 함께 도피 생활을 시
작했다. 언제 끝날지 알 수 없는 생활이 한 달 남짓. 무리 중 한
사람이 집에 갔다가 꼬리가 밟혀 모두 붙잡혔다. 동대문 경찰

서에서 며칠을 보내고 남영동 대공분실로 끌려갔다.

다른 것은 아무것도 생각나지 않았다. 내가 가입시킨 친구, 그 친구 이름을 불어야 한다는 사실만 맴돌았다. 점조직이었으니 나 말고는 그 친구의 실체를 아무도 알 수 없었다. 그러니까 나만 입을 다물면 친구는 무사할 수 있었다.

고문이 무서웠다. 남영동 대공분실의 고문 실력은 유명했으니까. 사건이 터지고 한 달 동안 조직의 계보와 사상적 배경 등 나올 건 다 나와 있었다. 내가 가입시킨 친구의 닉네임까지 알고 있었고, 나는 이름만 대면 되는 상황이었다.

책상 하나에 의자 둘, 변기와 욕조가 전부인 방. 남자 한 명이 들어와 간단하게 이름, 주소 등을 묻더니, 곧이어 친구 이름을 대라고 했다. 대답을 할 수가 없었다. 남자 몇이 더 들어와 구타와 물고문이 시작되었다.

머리가 쉴 새 없이 돌아갔다. 나 때문에 마지못해 가입한 친구였다. 내가 이름을 불면 친구는 감옥에 가고 인생이 망가질 게 분명했다. 어떻게든 견뎌 내야 했다. 다른 한편으로 왜 쓸데없이 사서 고생을 하느냐는 생각도 올라왔다. 달콤한 유혹.

'이미 나올 건 다 나왔고 친구 가명까지 나왔어.'

'어차피 못 버텨, 그냥 불어.'

'안돼, 포기해.'

다시 구타와 물고문.

남자들이 쉬러 나간 사이, 결단을 내려야 했다. 친구를 팔지, 내가 죽을지. 내가 죽지 않고는 그냥 넘어갈 수 없는 곳이었다. 문득 '어차피 살기 싫었잖아, 늘 죽고 싶었잖아. 그냥 죽어.' 하는 생각이 들었다.

그랬다. 늘 죽고 싶었다. 사는 게 그렇게 재미가 없었다.

'이참에 죽으면 친구도 살고, 나도 삶에서 벗어나고.'

죽기로 결심했다. 시간이 없었다. 가슴이 두방망이질 쳤다.

'뭐 하고 있어. 빨리 죽어.'

재빨리 둘러보아도 죽을 방법이 없었다.

'욕조? 아니야.'

마침 타일 벽이 눈에 띄었다. '그래, 저기 머리라도 박고 죽지 뭐.' 하며 머리를 박으려는데 조바심이 났다. 몸이 뜻대로 움직여지지 않았다. 가슴은 터질 듯 차오르고, 이빨이 딱딱 마주쳤다.

'왜 못 죽어? 나를 붙잡는 건 아무것도 없잖아. 아무것도 없잖아.'

눈이 감기고 벽으로 다가서는 순간, 길지 않은 인생이 파노라마처럼 지나갔다. 아무 미련도 없는 줄 알았는데, 있었다. 어린 조카들. 아기 때부터 애지중지했던 조카들의 웃는 얼굴이 떠오르며 차마 죽을 수 없었다.

두 다리가 풀려 그대로 주저앉았다.

그때 알았어야 했다. 내게 가족이 있다는 걸.
나를 붙잡는 건 거창한 이데올로기가 아니라
소소한 일상이라는 걸.

결국, 친구를 팔고 감옥에 갔다. 서대문 형무소 여자 감방. 한겨울의 독방. 동료들은 잡범과 한방이었는데, 나만 독방이었다. 친구들은 가족들이 날마다 면회를 왔는데, 나만 아무도 오지 않았다. 6개월여 감옥 생활 동안 딱 한 번, 둘째 올케가 먹을 것을 사 들고 왔다. 어색한 만남.

박정희가 죽자 요란했던 사건도 축소되었다. 학생 신분이었던 사람들은 집행유예로 풀려나게 되어 집으로 돌아왔다. 방 두 칸, 방 하나에는 부엌이 딸려 있고 다른 하나는 마당 건너에 있는 집이었다.

아버지는 방에서 술을 마시고 있었다. 언제나처럼. 어머니는 아랫목에 묻어 두었던 따뜻한 밥과 김치로 저녁상을 차려 주었다. 언제나처럼.

왜 면회를 오지 않았느냐고 묻지 않았다.
내게도, 어머니에게도 당연한 일이었으니까.
오빠들에게도, 언니에게도 묻지 않았다.
왜 면회를 오지 않았느냐고.
처음부터 기대하지 않았으니까.

대학에 복학하지 않고 출판사에 취직했다. 시절이 어수룩해 대학 졸업장을 요구하지 않았고, 다니던 대학 이름을 말했더니 그냥 써 주었다. 정식으로 돈을 벌기 시작하고 부모님께 생활비를 드렸다.

친구를 넘겼다는 죄책감 때문에 괴로웠다. 담배를 피우고 술을 마셨다. 여전히 죽고 싶었는데, 이번에는 부모님이 발목을 잡았다.

'그래, 한 달만 더 생활비 벌어 드리고 죽지 뭐.'
다음 달에도 또 그랬다.
다음 달에도, 그다음 달에도.

오빠들은 뭘 먹고 사느냐고 묻지 않았다.
나도 말하지 않았다.
처음부터 기대하지 않았으니까.

아버지는 날마다 술을 마셨고,
어머니는 날마다 밥상을 차렸다.

세상에 대한
미움

나와 생각이 다른 사람을 만나면
거침없이 비난했다.
나만 옳고 나만 피해자고
가난한 사람들만 피해자였다.

고등학교 시절이었다. 전국에서 제일 좋다는 명문고에 멋모르고 들어갔다. 집안이 기울고 있었지만, 그렇게 빨리 망할 줄은 몰랐다. 면목동 용마산 기슭 단독주택 전셋집에 살더니 아래 동네로 내려와 방 두 칸짜리로 이사했다. 다시 더 작은 집으로 이사했다가 고3 때는 아예 단칸방으로 옮겼다.

어릴 때는 잘살았다. 아시아에서 학생이 제일 많던 초등학교에 다녔는데, 학교에서 제일 잘살았다. 학기 초가 되면 선생님이 생활환경조사라는 걸 했다.

"테레비 있는 집 손들어."

"냉장고 있는 집 손들어."

"전화 있는 집 손들어."

마지막까지 손을 드는 아이가 나였다. 식모나 기사 있는 집을 물어봤으면 그것도 손들었을 것이다.

어머니는 육성회 회장을 했다. 그 덕인지 졸업 때는 그때 말로 문교부 장관상을 받았다.

가난은 익숙하지 않았다. 중학교 때까지만 해도 마당이 100평이나 되는 이문동 집에서 큰 개를 키우며 살았다. 농사일 좋아하는 할머니가 오이며 가지, 토마토, 감자, 고구마를 심었고, 한쪽에는 울타리를 두르고 닭을 키웠다. 언니는 닭을 무서워했지만 나는 닭이 귀여워 품에 안고 다녔다.

고2 때부터 가난이 실감 났다. 아니, 고1 때부터 조짐이 있었다. 도시락 반찬 가짓수가 서서히 줄더니 어느 날부터 김치한 가지였고, 졸업 때까지 쭉 김치였다. 친구들과 날마다 같이먹기가 곤혹스러워 3교시 끝나면 혼자 먹고, 점심시간에는 운동장을 걸었다.

고3 올라가기 전 겨울방학에 단칸방으로 이사했다. 아랫목에 아버지가 주무시고 어머니, 할머니, 나, 언니, 셋째 오빠가 결혼해 나가기 전에는 오빠까지, 6명이 한방에서 살았다.

그건 괜찮았다. 제일 괴로운 건 날마다 학교에 가야 한다는사실이었다. 부잣집 아이들이 많은 학교였다. 김치뿐인 도시락도 창피했고, 밑창이 떨어져 끌고 다녀야 하는 구두도 창피했다. 시장에서 산 싸구려 구두는 빗길 몇 번 걸으면 밑창이 떨어졌고, 본드로 붙여도 그때뿐이었다.

담임선생님은 걸핏하면 교무실로 불러 수업료 안 낸다고 야단을 쳤다.

"엄마는 뭐라시니? 빨리 내야지!"

집에 돌아와 김치에 된장국, 오이지로 차려 준 밥을 먹으며 어머니 눈치를 보았다. 차마 입이 떨어지지 않았다.

어머니가 버스비를 못 주시는 날에는 차장 언니 몰래 무임 승차를 했다. 뒤에서 낸다고 큰소리로 말하고, 붐비는 사람들 사이를 비집고 깊숙이 들어가면 잡히지 않았다. 1시간여를 들 킬까 봐 가슴 졸이다 내리면, 늘 지각 1분 전이었다. 아버지의 빈 술병을 모아다 팔아서 회수권을 사기도 했다.

표정 없는 어머니, 술에 취한 아버지. 집에 돈을 버는 사람이 없었다. 대여섯 식구가 어떻게 먹고살았는지 아무도 몰랐다. 어머니가 보따리를 들고 나갔다 들어오면서 봉지 쌀과 연탄 두 장을 사 오던 모습을 이따금 보았다.

대학에 가기 싫었다. 공부하기 싫었다. 두 오빠는 일찌감치 대학을 졸업하고 결혼해서 독립했고, 셋째 오빠와 언니는 대학 생이었다. 아르바이트에 학자금을 융자받아 학비는 각자 해결 했다. 입에 풀칠하기도 어려운데 대학생이 셋이나? 대학에 붙 는다 해도 입학금이 없었다.

어느 날, 맘먹고 어머니에게 말씀드렸다.

"엄마, 나 대학 안 갈래."

평소에 감정을 거의 드러내지 않는 어머니였다. 잠시 가만 히 계시더니 한마디 했다.

"네가 내 가슴에 대못을 박는구나."

한 말씀 더.

"없이 살아도 자식 다섯, 대학 보내는 걸 보람으로 여겼다."

선택의 여지가 없었다. 그날로 입시 공부를 시작했다. 아침 7시에 밥 먹고 학교 가서, 3교시 끝나고 도시락, 밤 10시까지 도서관. 집에 오면 11시가 넘었다. 배가 고팠다, 늘.

그때 이미 대학에 들어가도 졸업은 하지 않으리라 마음먹었는지도 모른다.

지금도 또렷이 기억나는 한 장면. 배고프고 피곤해 버스에서 졸다가 눈물이 왈칵 쏟아졌다. '나처럼 가난한 학생도 돈 걱정 없이 학교 다닐 수 있었으면 좋겠다, 나중에 크면 그런 세상을 만들고 싶다.'는 두서없는 생각이 머리를 스쳤다.

그래서였을 것이다, 운동권에 별 저항 없이 들어갈 수 있었던 것은. 기득권 포기? 나에게 기득권이란 없었다. 더 잃고 말 것이 없었다. 불평등한 사회를 바로잡아야 한다는 논리가 너무도 당연히 받아들여졌다. 부자들은 빼앗은 자들이고 가난한 사람들은 빼앗긴 자들이므로, 빼앗은 자들에게서 빼앗아 빼앗긴 자들에게 나누어 주는 것이 사회정의라 여겼다.

화가 났다. 억울했다. 좌충우돌, 나와 생각이 다른 사람을 만나면 거침없이 비난했다. 나만 옳고 같이 운동하는 사람들만 옳고, 나만 피해자고 가난한 사람들만 피해자였다. 시위에 참여하지 않고 강의실에 앉아 공부하는 친구들이 한심하고 이기적으로 보였다. 마음껏 경멸했다.

이렇게 살다 죽지, 했다. 이름도, 빛도, 명예도 없이. 왜 사는지, 왜 태어났는지, 어떻게 살아야 하는지 관심 없었다. 절벽을 향해 달리는 고장 난 자동차처럼 맹목적으로 돌진했다.

박정희가 죽고 민주정권이 들어서고 부의 재분배가 이루어지면 된다고 생각했다. 나도, 남도 가난에서 벗어나면 된다고 생각했다. 돈이 생기면 어떻게 되는지, 그다음은 생각하지 않았다.

행복이란 단어는 머리에 떠올려 본 적도 없었다. 돈이 생기면 행복해질 거라는 식의 생각 자체가 없었다. 그저 막연히 돈이 많던 어린 시절은 환한 빛과도 같으니까, 돈만 있으면 그때로 돌아갈 수 있으리라 생각했는지도 모르겠다.

어린 시절에 방치되어 외롭고 눈치 보느라 착한 척했던 것은, 그래서 제대로 애착 관계가 생기지 못해 불행했다는 것은, 어른이 되고 먹고살 만해진 뒤에야 기억났다.

믿을 사람이 없었다. 딱 한 사람, 딱 한 사람만 나를 지켜봐
주는 사람이 있었으면 좋겠다고, 날마다 생각했다. 고등학교
시절부터.

"힘드니?"

"배고파?"

"힘내!"

오가며 그런 말 한마디씩이라도 해 주는 사람, 딱 한 사람만.

먼저 손을 내밀지 못했다, 믿을 수 없어서. 믿지 못해 자꾸
안으로 숨어들면서 껍데기는 두꺼워졌고, 급기야 바늘이 돋고
그 바늘이 많아지고 점점 날카로워졌다. 언제부터인가는 누가
쳐다보기만 해도, 누가 스치기만 해도 찌르고 마는 사람이 되
어 있었다, 마치 성게처럼.

성게알처럼 바늘 안에 숨어서,

나는 여리디여린 피해자라고 믿고 살았다.

아버지와 어머니,
애증의 이름

아무리 세월이 흘러도
좁혀지지 않는 간극이 있었다.
어머니와 나
사이에는.

아버지는 날마다 술을 마셨다. 소주를, 하루에 한두 병씩, 나중에는 세 병씩 마시기도 했다. 단칸방에 살 때는 단칸방에서 마셨고, 두 칸짜리에서 살 때는 마당 건너 아버지 방에서 마셨다. 세수도 방에서 했다. 어머니가 대아에 더운물을 담아서 대령하면 수건을 적셔 얼굴과 손을 씻었다. 아버지가 방 밖으로 나오는 유일한 때는 마당 한쪽에 있는 화장실 갈 때였다.

아버지는 돈을 벌지 않았다. 그냥 방 안에서 살았다. 돌아가실 때까지 12~3년을 방 안에서만 살았다. 고등학교 시절부터 서른 살이 되도록 기억나는 아버지 모습은 술 마시고, 병 걸리고, 어머니에게 짜증 내는 것이 전부였다.

아버지가 밉다는 생각은 하지 않았다. 그냥 화가 났다. 대학에 들어가고 아르바이트를 하고 운동권을 시작하면서 집 밖으로 나돌았다. 친구 집에서 먹고 자고 집에는 일주일에 한두 번 들어갔다. 집에 가는 날도 한밤중에 가서 잠만 자고 새벽같이 일어나 나왔다.

어머니는 아버지가 내 걱정을 한다고 했다.

'자기 걱정이나 하라지!'

아버지는 자식을 키울 때 철저히 자유방임주의였다. 자라면서 한 번도 야단을 친 적이 없었다. 며칠 만에 집에 들른 어느 날, 야윈 모습의 아버지가 방 밖으로 나와서 거칠게 소리를 질렀다.

"여자애가 일찍 일찍 들어와야지, 어딜 싸돌아다녀?"

울컥했다.

"아버지가 해 준 게 뭐 있다고 큰소리치세요? 엄마 고생이나 시키지 마세요!"

그 순간의 아버지 얼굴이 기억나지 않는다. 그냥 돌아서서 방으로 들어갔다는 것밖에는. 그 길로 돌아 나와 친구 집으로 갔다. 그 후로 아버지가 돌아가실 때까지 눈 마주치고 한마디도 하지 않았다.

어느 날 집에 갔더니, 아버지 갈 날이 얼마 남지 않은 것 같다고 어머니가 말했다.

"그동안 제대로 씻지 못했으니 아들 집에 가서 뜨거운 물에 몸 한번 담그고 싶다고 하시네."

어머니 말씀에 펄쩍 뛰었다.

"엄마, 그런 말 오빠한테 절대 하지 마. 말도 안 되는 소리야!"

속으로 '자식한테 해 준 게 뭐 있다고 그런 걸 바래.' 투덜거렸다.

얼마 후 아버지는 큰 병원에 입원했다. 당뇨 합병증인 말초 신경염에 직장암이 겹쳐 두 달을 못 넘길 것이라 했다. 입원한 지 얼마 안 되었는데도 아버지 등에 욕창이 퍼져 퍼렇게 뭉글 거렸다. 가족들은 병실 밖에서 병원비를 걱정했다.

'어차피 죽을 거 왜 저렇게 버텨?'

거의 의식이 없는 상태로 두 달여가 지났다. 간혹 정신이 들 때면, 어머니에게 한마디씩 한다고 했다.

"불쌍한 여편네, 내가 좀 더 살아야 하는데."

나를 위해서도 한 말씀 하기를 바랐다. 오빠들 불러 놓고 "할머니, 엄마와 막내를 부탁한다." 그렇게 말해 주기를 바랐다. 끝내 입을 다문 채 아버지는 돌아가셨다. 눈물 한 방울 나오 지 않았다. 귀찮게 하는 아버지가 돌아가셨으니 어머니가 좀 편해지려나 했는데, 어느 날 어머니가 말씀하셨다.

"그래도 네 아버지 계셨을 때가 좋았다."

어머니를 이해하기 어려웠다. 어머니는 늘 그렇게 속을 알 수 없었다. 어둡고 축축한, 깊이를 알 수 없는 늪과 같았다.

언제나 한결같은 말투, 한결같은 표정. 싫고 좋고가 없었다. 죽는소리하는 법도, 그 많은 집안일 힘들다고 앓아눕는 적도 없었다. 입술이 부르트고 손가락이 갈라지고 허리가 끊어져도 어머니는 일을 했다.

열아홉에 시집 왔다고 했다. 호랑이 같은 시어머니 모시고 시집살이 50년. 그동안 "아니에요, 어머니. 싫어요, 어머니." 한 번 하지 않았다. 언제나 한결같이 "네."였다.

고집이었을까, 완벽주의였을까. 바느질하듯 꼼꼼히 반듯하게 집안일을 해 나가는 어머니를 보면 숨이 막혔다. 아버지가 아무리 소리를 질러도, 밥상을 뒤엎어도 맞대응하지 않았다. 엎어진 상을 치우고 다시 새 상을 차렸다.

답답했다, 그런 어머니를 보고 있으면. 그런 어머니를 두고 할머니는 말했다.

"여우하고는 살아도 곰하고는 못 사는 법이다."

잘난 아버지 세상 좁다 하고 돌아다닐 때도, 단칸방에서 찢어지게 가난할 때도 어머니는 똑같았다. 김치에 오이지로 밥상 차릴 때도, 육회에 명란젓에 굴비로 진수성찬을 차릴 때와 똑같이 정갈했다.

말년에 혼자 한 칸짜리 지하 셋방에 살 때도 어머니는 흐트러짐이 없었다. 컴컴한 지하방, 전깃불이라도 켜고 살면 좋으

런만, 나라 살림 걱정하며 작은 스탠드 하나 켜고 살았다. 흐릿한 불빛 아래 신문을 펼쳐 놓고, 1면부터 마지막 면까지 샅샅이 읽었다. 어머니의 가장 큰 걱정은 나라 경제요 남북통일 문제였고, 가장 큰 자랑거리는 박세리, 박찬호 선수였다.

어머니를 이해할 수 없었다.

'다 늙어 돈도 없이 지하 셋방에 살면서 무슨 나라 걱정이야?'

입 밖으로 낼 수 없어 괜한 트집을 잡으며, 환기한다, 형광등을 켠다, 난리를 치고 신경질을 부렸다.

한 번이라도 어머니가 속을 드러내기 바랐다. 그 속에 무엇이 있는지 알고 싶었다. 많은 이야기를 했지만, 서로의 속을 터놓는 얘기는 아니었다. 아무리 세월이 흘러도 좁혀지지 않는 간극이 있었다, 어머니와 나 사이에는.

팔십이 되던 해, 어머니는 폐암에 걸렸다. 수술은 하지 않으신다고 했다.

"얼마나 살겠다고 이 나이에 수술을 하나?"

진통제로 통증을 다스리며 하루하루 버티는 생활. 병원 모시고 다니는 일도, 약을 타다 드리는 일도 내 몫이었다. 이제까지 그랬듯이. 어머니는 늘 내 몫이었다.

하기 싫었다. 답답하고 짜증 났다.

'언니도 있고 오빠도 있는데, 엄마는 왜 나만 찾아?'

병이 진행되면서 혼자 생활하기 어려워 집에서 가까운 요양 원으로 모셨다. 날마다 요양원을 오가며 투덜거렸다.

어느 날, 목욕을 시켜 드렸다. 야윈 몸, 처음 보는 어머니의 맨몸이었다. 같이 목욕한 기억이 없었다. 할머니와 언니, 나 셋 이 목욕을 다녔으니까. 어색하고 낯설어 몇 번만 시켜 드리고 는 간병인에게 미루었다.

시간이 지날수록 어머니가 더 얄미워졌다. 죽을 날도 멀지 않았는데, 태평한 얼굴로 제시간에 꼬박꼬박 비타민과 영양제 를 챙겨 드셨고, 하는 말이라고는 드라마 얘기와 신문에 난 얘 기뿐이었다.

며칠을 벼르다 물어보았다.

"엄마 자식 다섯 중에 누가 제일 예뻐?"

그래도 아버지 할머니 봉양하고, 끝까지 어머니 곁을 지키 는 내가 제일 예쁘다고 할 줄 알았다. 한참 머뭇거린 뒤에 입에 서 나온 말씀.

"똑같다."

나중에 다시 한 번 물었다.

"엄마 자식 다섯 중에 누가 제일 예뻐?"

"똑같다."

어이가 없었다. 요양원에 가기 싫었다. 핑계 대고 얼마 동안 찾아가지 않았는데, 전화가 왔다. 아무래도 어머니 상태가 심상치 않으니 와야 할 것 같다고.

어머니는 침상에 누워 있었다. 더 마르고 창백한 얼굴. 전날 밤부터 의식이 없다고 했다. 어차피 가실 거 잘됐다는 마음도 들었다. 언니 오빠들에게 연락하고 곁에서 밤을 지켰다.

몇 시쯤일까, 어머니가 갑자기 일어나더니 말씀하셨다.

"옷장 어디에 몇십만 원 있을 거야. 그중에 10만 원을 박세리에게 주어라."

그대로 누워 잠이 들었는지 의식을 잃었는지 조용했다. 얼마 뒤 다시 벌떡 일어나더니 말씀하셨다.

"박찬호에게도 10만 원 주고, 누구냐, 이름 있는 선수 찾아서 10만 원씩 주거라."

그것이 어머니의 마지막 말씀이셨다.

장례식을 치르는 동안 눈물이 날 리 없었다.

'무슨 유언이 그래. 염장 지르나. 내가 그런 선수들을 어떻게

만나. 평생 속엣말 한번 안 하더니 죽기 전에 고작 한다는 말이!'

누구는 정 떼고 가려고 그랬다 했다.

젊은 시절 밖으로 나돌 때 어쩌다 한번 집에 들어가면 언제나 내 밥이 있었다. 아랫목에 묻어 둔 따뜻한 밥. 어머니는 하루도 빠짐없이 집 떠난 자식 밥 한 그릇 떠서 아랫목에 묻어 두고, 국 한 그릇 떠서 찬장에 넣어 두었다. 자식이 들어오지 않은 날에는 식은 밥을 먹었다.

날마다 따뜻한 밥 아랫목에 묻어 두고,

어머니는 식은 밥을 먹었다.

어머니는 나를 사랑했을까?

모든 것이
남편 탓

가정의 모든 불행의 원인을
남편에게 돌리고, 나는 불행했다.
남편도 불행했고
아이들도 불행했다.

결혼할 생각이 없었다. 어머니처럼 살까 봐.

감옥에 갔다 오고 돈을 벌면서 한 달 두 달 죽지도 못한 채 나이 서른을 넘겼다. 한때는 나라 구해 보겠다고 비상을 꿈꾸기도 했지만, 현실의 나는 노처녀였다. 마흔 넘어까지 직장생활을 할 자신이 없었다. 죽을 용기는 이미 없었다.

그때 남편이 나타났다. 후한 웃음이 좋았다. 1년여 만나는 동안 화 한번 안 내고 빙긋 웃기만 했다.

"세상 남자 별거 없다. 남자는 그저 착한 거 하나면 된다."

할머니는 늘 말씀하셨다. 어머니 지론은 '식성 좋은 남자가 성격도 좋다.'였다. 미식가에 입맛 까다로운 아버지를 빗댄 말이었다. 남편은 착하고 식성도 좋았다.

어머니의 또 한 가지 바람은 '절대로 사업하는 사람은 안된다, 월급쟁이가 최고다.'였다. 걸핏하면 직장 때려치우고 사업하면서 왕창 벌었다 쫄딱 망했다를 반복한 아버지를 두고 한 말이었다. 남편은 고등학교 음악 선생님이었다.

이만하면 할머니와 어머니 기준에 딱 부합하는 남자였고 내 마음에도 들었다. 전교조 교사로 결혼 앞두고 해직을 결행한다 하니, 우직하고 평생 변치 않을 것 같았다. 돈이야 내가 벌면 되니까.

그만큼 자신 있는 여자였다, 나라는 사람은.

참 이상했다. 막상 결혼하고 나니 어느 사이엔가 '엄마'가 되어 있었다. 아이들을 낳아서가 아니라 '친정엄마'와 똑같은 사람이 되었다는 말이다.

결혼 전에는 하고 싶은 말은 다 했다. 어차피 언제 죽을지 모를 인생이니까. 두 번째 직장으로 스카웃될 때 내건 조건이 사무실에서 담배 피울 수 있어야 하고, 일주일에 한두 번씩 술 사달라는 것이었다. 사무실 한복판에 앉아 버젓이 담배 피우고, 맞았다 틀렸다 자기주장 확실하고, 일 잘한다고 붙은 별명이 '임박'이었다. 상사며 동료들이 '박사' 칭호를 붙여 준 것이다.

그랬던 내가 남편 앞에 서면 주눅이 들고 입이 떨어지지 않았다. 심장은 가늘게 파닥거리고 살얼음판 위에 있는 듯했다. 무슨 잘못을 하지도 않았는데, 변명하고 눈치 보고. 남편이 이러면 어떡하지 저러면 어떡하지, 하며 머리가 돌아갔다.

나는 없고 남편만 있었다. 나를 위해서 사는 것이 아니라 남편에게 무슨 말 듣지 않으려고 사는 것이었다. 심장 조이다 남편이 아무 말 안 하면 괜찮고, 한마디라도 하면 불안감에 휩싸였다.

한시도 마음이 편치 않은 생활이었다. 늘 피곤했고, 만사가 귀찮았다. 아침에 일어나기도 힘들고, 집안일 하기도 힘들었다. 김치 하나 담그면 사흘 몸살을 앓고, 가까운 거리도 택시를 타야 했다. 분명 겉으로 보기에는 어머니와 달랐지만, 마음을 닫고 사는 것은 어머니와 똑같았다.

모든 것이 남편 탓인 것 같았다.
'그래, 속은 거야. 속이 망망대해라더니 간장 종지야.'
걸핏하면 큰소리 내는 남편이 무섭고 싫었다.
돈에는 또 얼마나 짠지, 가난한 집 장남다웠다. 마트나 백화점에 갈 때면, 가격표를 먼저 보고 비싼 물건은 쳐다보지도 않았다. 남편이 잔소리할까 봐 그랬다. 어쩌다 조금 비싼 옷이라도 사면 10만 원짜리는 5만 원, 5만 원짜리는 3만 원이라고 거짓말했다. 그래도 남편 입에서 나오는 말은 똑같았다.
"그렇게 비싸?"

가계부 쓰라는 건 절대 안 썼다. 보리차 끓여 달라는 거 안 끓여 줬다. 잠자리, 거의 안 했다. 아예 딸아이와 한방을 쓰다시피 했다. 여행 가자고 해도 거의 안 갔다.
진심을 말하는 거? 안 했다. 나도 내 진심이 무엇인지 몰랐다. 그냥 무섭고 싫었다, 남편이. 그냥 참았다, 어머니처럼.

나에게 남편은 없는 것과 마찬가지였다. 남편이라는 의미가 서로 이해하고 소통하며 더불어 화목한 가정을 꾸리는 상대라면 그렇다.

엄마에게 남편이 없으니 아이들에게 아버지가 있을 리 만무했다. 아이들과 한편 먹고 남편을 소외시켰다. 큰아들이 초등학교 4학년 때였다. 저녁상에서 남편이 아이들에게 식사 예절에 관한 교육을 했다. 어른이 먼저 수저를 들면 먹어라, 남기지 말고 깨끗이 먹어라 등등. 큰아들이 처음으로 아빠에게 대들었다.

"왜 그래야 해요?"

남편은 당황해 마구 소리를 지르며 강변했다. 아들은 더 이상 말을 안 했지만, 꺾지 않았다. 식사를 마치고 아들 방에 가서 말했다.

"아버지는 나이가 많아서 생각이 변하기 힘들어. 어린 네가 이해해야지."

아버지 말씀이 옳으니 따르라고 하지 않았다. 아버지는 성질이 나쁘고 자기 마음대로 하니 싫어도 따르는 척하라는 뜻이었다, 꼭 나처럼.

부모는 자식의 우주라는 것을, 그렇기에 자식이 부모에게 감사하고 존경할 줄 알아야 세상에 나가서도 감사와 존경의 마음으로 산다는 것을, 그래야 세상으로부터 감사와 존경을 받는다는 것을 알지 못했다.

가정의 모든 불행의 원인을 남편이자 아버지인 한 남자에게 돌리고, 나는 불행했다. 남편도 불행했고 아이들도 불행했다.

차마 이혼할 용기는 없었다. 이혼이란 말조차 생각나지 않았다. 2013년 1월, 딸아이와 집에서 도망쳐 나왔다. 편지 한 장 써 놓고. 3년 7개월 동안 남편을 떠나 있었다.

1년여 연락이 없던 남편에게 문자가 왔다. 마음이 조금 편해졌느냐고, 언제든 오고 싶을 때 오라고. 나는 아직도 남편이 무서웠다.

2년이 넘은 어느 날, 남편이 찾아왔다. 자기 버리고 집 나간 마누라, 밥 사 준다고 왔다. 베레모에 바바리 입고 빙긋 웃었다. 반성 많이 하고 기도 많이 했다고. 자기가 무엇을 잘못했는지 조금 알 것 같다고.

그때까지도 몰랐다, 나와 우리 가정이 불행한 것은 남편 문제가 아니라 내 문제였다는 것을.

착한 아들
어려운 아들

아들은 말했다.
"엄마는 돈, 명예, 출세
이런 거 때문에 공부하라고 하잖아.
나는 그런 거 다 싫어."

결혼과 동시에 남편은 해직되었다. 결혼한 다음 해 10월에 아들이 태어났고, 그 이듬해 11월에 딸이 태어났다. 한 달 수입이라곤 전교조에서 주는 30만 원이 전부였는데, 식구가 넷이었다. 11평 반지하, 그나마 집은 남편이 결혼 전부터 살던 자기 집이었다.

아들은 13개월 때 오빠가 되었다. 딸을 낳고 전주 시댁에서 산후 조리를 했다. 20여 일 동안 딸과 방 하나를 차지하고 있었고, 아들은 할머니 할아버지 아버지 사촌 둘이랑 방 밖에서 살았다. 엄마가 동생을 낳은 후로 방 밖으로 나오지 않아도, 아들은 문을 두드리거나 엄마를 찾지 않았다. 갓 걸음마 뗀 걸음으로 아버지 손잡고 뒤뚱뒤뚱 걸어 들어오는 날에도, 둥근 눈 크게 뜨고 엄마 한 번, 동생 한 번 쳐다보더니 나갔다. "엄마!" 하고 품에 달려들지를 않았다.

그때부터 아들은 오빠였다. 아들 다섯 살 적에, 집에서 조금 떨어진 마트에서 장을 보고 버스로 돌아올 때면, 아들은 짐 한 보따리를 들고 걸어서 내렸고 잠든 딸은 등에 업혀 내렸다. 착한 아들. 가족에게나 친척에게나 아들은 '착한 아들'이었다. 그게 당연한 줄 알았다.

아들이 유치원에 다니기 시작하면서 아들과의 씨름이 시작되었다. 꿈지럭 꿈지럭, 천천히 일어나 화장실 가서 30분, 밥 먹는 데 30분, 신발 신는 데도 한참이 걸렸다. 속이 터졌다. 아무리 빨리하라고 해도 듣지 않았다. 중학교 때까지도 날마다 그랬다.

"그러다 지각하겠다!"

"지각하면 안 돼?"

"지각하면 선생님한테 혼나잖아!"

"혼나도 내가 혼나!"

게임은 또 얼마나 하는지. 30분이 1시간 되고, 1시간은 금세 2시간이 되었다. 보고 있자면 답답하고 미칠 것 같았다. 숙제는 하는지, 안 하는지.

수학은 과외를 시키고, 영어는 집에서 했다. 날마다 큰소리로 30분씩 읽고 1시간씩 듣기를 시켰는데, 엄마 때문에 영어가 싫어진다고 했다. 언젠가는 이런 말도 했다.

"엄마는 돈, 명예, 출세 이런 거 때문에 공부하라고 하잖아. 나는 그런 거 다 싫어."

중3 무렵부터는 '네가 알아서 해라.' 하고 지켜보기로 했다. 게임을 몇 시간 하건 잔소리하지 않았다. 속까지 편한 것은 아니었다. 말을 안 하니 겉으로는 평화로워졌지만, 그럴수록 격정은 깊어 갔다.

그때도 지금처럼 공부 좀 한다 하는 아이들은 외고며 과학고에 가는 것이 대세였다. 딸아이는 외고 간다며 영어에 열을 올렸다. 아들은 아무려나 천하태평이었다.

'저러다 서울에 있는 대학이나 가려나. 취직은 할 수 있나. 남자니까 그래도 밥벌이는 해야지.'

엄마의 마음은 아랑곳없는 듯, 고1 때 학교 다니기 싫다고 하더니 아버지를 설득해 자퇴했다. 독학으로 친구들보다 빨리 대학에 가겠다던 아들은 우울증에 걸려서 2년여를 방에서 나오지 않았다. 잘 씻지도 않고 록음악과 기타에 빠졌다.

하고 싶은 것은 아무것도 없다고 했다. 그래도 대학은 가야 하지 않겠느냐고 큰소리로 언쟁하기도 했지만, 삶을 포기할까 무서워 남편과 나는 완전히 단념했다. 피가 마르는 것 같았다. 그저 무사히 살아 있기만 해다오, 빌었다.

아들이 어려웠다. 어떻게 대해야 할지 몰랐다. 크고 작은 사고를 쳐도 야단칠 수 없었다. 아들이 나 때문에 잘못될까 무서웠다. 어디서부터 잘못되었는지, 어떻게 바로잡아야 할지…. 시간이 지나면서 아들의 상태는 좋아졌지만, 아들과의 관계는 좀처럼 회복되지 못했다.

겉으로는 괜찮았다. 검정고시를 치르고 지방대학에 갔다가 다시 공부해 한의학과에 들어갔다. 대학 입학을 앞두고 집에서 쉬는 사이, 아들이 나에게 스파게티도 만들어 주고 같이 영화도 보러 갔다. 그러나 여전히 마음은 편치 않았다.

아들에게 속마음을 표현할 수 없었다. 정확히 말하면 내 속마음이 무엇인지 나조차 몰랐다. 그저 불안하고 눈치 보이고 매 순간이 조심스러웠다.

그러고 보니 어머니도 그랬다. 할머니나 아버지에게는 물론이고, 언니 오빠나 막내인 나마저도 편히 대하지 못했다. 매사 걱정이 많고, 잘하면서도 조바심냈다. 그런 어머니에게 '전전긍긍 여사'라는 별명을 붙여 주었다. 떡 벌어지게 상을 잘 차려 놓고도 굳이 흠을 잡으며 완벽을 추구했다.

어머니의 그런 모습이 싫어서 막살려고 했다. 자식들도 어머니와 다르게 키우고 싶었다. 자식을 손님 대하듯 어려워하는 어머니와 달리 자식들과 친구처럼 격의 없이 지내고 싶었다.

아들이 마음공부를 해 보라고 했다. 마침 남편과 살기 힘들었을 때였다. 밤마다 내일 아침에 눈을 안 뜨게 해 달라고, 기도 아닌 기도를 하며 살았으니까. 핑계로 마음공부를 시작하고

1년 후 딸과 집을 나왔다.

3년 7개월을 보내고 돌아와 남편과의 사이는 좋아졌지만, 아들에게는 상처를 남겼다. 자기 때문에 집 떠난 엄마, 자기 때문에 명문대를 중퇴한 여동생. 아마도 아들은 죄책감의 짐덩이를 지고 있었을 것이다.

아들은 자기가 가정을 망쳤다고 생각했겠지만, 아들 덕에 가정은 원래 의미를 되찾고 있다. 서로 이해하고 존중하고 잠시 부딪치더라도 마음을 표현하며 서로의 발전을 위해 나아가는 사랑의 공동체.

그러나 아직도 아들과 소통하지 못하고 있다.

아들은 나를 걱정하고 나는 아들을 걱정한다.

딸은 엄마를
원망했다

딸은 명문대에 들어갔다. 바라던 대로.

그런데 딸이 변했다.

엄마 때문에 인생 망쳤다고

원망했다.

언제부터였을까? 초등학교 4학년 때부터였을 것이다. 그전에는 집에서 같이 놀고 애완동물 키우고 동화책 읽어 주고 재미있게 살았다. 문득 주위를 둘러보니 다들 저만큼 앞서가고 있었다. 그렇게 놀리기만 하면 안 된다는 주위 엄마들의 충고가 귀에 들어왔다.

일단 수학은 과외를 시키고 영어는 엄마표로 해 보기로 했다. 영어 학습법 책을 10권 넘게 읽고 내린 결론이었다. 뜻을 몰라도 무조건 많이 들으면서 따라 말하는 '연따말연속해서 따라 말하기'을 하고, 나중에 공책에 받아 적는 식이었다. 아침마다 자막을 가리고 영어 비디오를 보여 주었다.

출판 일을 오래 하면서 모국어의 중요성을 잘 알고 있던 나였다. 아기 때 그림책부터 시작해서 수많은 책을 읽어서였는지 딸은 영어 학습 속도가 빨랐다. 알파벳을 배운 지 몇 달 지나지 않아 테이프를 들으며 연따말을 하고 영어를 문장째 받아 적었다. 한 권 두 권 원서도 읽어 나갔다. 흥미를 느낀 테이프는 늘어질 때까지 들었다. 외국 한번 나가지 않은 토종이지만 발음도 나쁘지 않았고 라이팅도 곧잘 했다.

중학교에 올라가 영어 말하기 대회에서 큰 상을 받고, 중 3 무렵에는 토플을 거의 만점을 받아 외고 유학반에 들어갔다.

물론 다른 성적도 아주 우수해서 학교에 가면 "어떻게 하면 그런 딸 낳느냐?"고 선생님이며 학부형들이 부러워했다.

그렇게 쭉 살면 될 줄 알았다. 외국에서 7~8년씩 살다 온 친구들 속에서도 딸은 유학반 수업에 뒤떨어지지 않았다. 미국 고등학교 커리큘럼을 그대로 진행하는 유학반에서 탑을 유지했다. 아침 6시에 집에서 나가 오후 3시 무렵까지 국내반 수업을 하고, 다시 저녁 10시까지 유학반 수업, 11시쯤 돌아와 새벽 1~2시까지 숙제를 했다.

그래서인 줄 알았다, 머리가 아프고 소화가 안 되고 짜증이 많아진 것이. "조금만 참아. 대학만 가면 끝나." 하며 모른 체했다. 대학만 가면 딸의 앞길에 탄탄대로가 놓일 줄 알았다.

딸은 10개월 무렵부터 말귀를 알아듣고 돌 때는 별말 다 했다. 업고 동네 슈퍼에 나가면, 말 잘하는 아기 왔다고 동네 아줌마들이 둘러서서 호호 웃으며 예뻐라 했다.

두 돌 지나서였나, 친구 아기 백일에 갔다가 늦어 택시 타고 돌아오는 길이었다. 깜깜한 한강변에 반짝거리는 불빛을 보며 딸이 외쳤다.

"엄마, 저기 보세요, 별이 내려앉았어요."

꽃이 피고 나무가 자라는 걸 신기해하며 묻기도 했다.

"엄마, 밤새 꽃을 보고 있으면 꽃이 피는 게 보일까? 나무가 자라는 게 보일까?"

딸이 제일 좋아한 책은 《동물의 친구 티피》였다. 한번은 놀이터에서 늦게 돌아와 이유를 물었더니, 모래밭에 죽은 참새가 있어서 묻어 주고 왔다고 했다. 그날 밤 딸아이 꿈에는 참새가 나타났다. 햄스터며 토끼며 거북이며 새며, 집이 온통 작은 동물원이었다.

친구들과 이 집 저 집 몰려다니며 웃음을 퍼뜨리던 딸이 소리 내어 웃는 일이 없어졌다는 걸 모르고 있었다. 원래 잘 웃는 아이였다는 것도 잊고 있었다. 공부만 잘하고, 좋은 대학만 들어가면 된다고 생각했다. 그러면 다 잘될 거야, 그렇게 믿었다. 딸은 명문대에 들어갔다. 바라던 대로.

근데 술을 마셨다. 생활이 흐트러졌다. 딸 인생에 처음 있는 일이었다. 불행하다고 했다, 엄마 때문에. 대학에 가면 행복할 줄 알았는데, 똑같다고 했다.

"고등학교하고 뭐가 달라. 중간고사 끝나면 기말고사, 스펙 관리해야 하고, 취업 걱정해야 하고. 엄마 때문에 내 인생 망쳤어."

술 먹고 밤늦게 들어와 침대 위에 엎어진 딸을 보기가 힘들었다. 무엇이 잘못되었는지 알 수 없었다. 아버지가 뒷바라지 안 해 줘서 내 인생 망쳤다고 원망했는데, 뒷바라지해 줄 만큼 해 준 딸이 무엇 때문에 괴로워하는지 이해할 수 없었다.

딸은 다시 공부를 시작했다. 한국이 너무 싫어 유학 가겠다더니, 혼자 준비해서 시험을 보고 영국으로 떠나 버렸다.

방학 때 공항에 나타난 딸은 샛노란 머리였다. 피어싱도 했다. 거친 말투, 엄마를 여전히 원망하고 있었다. 사소한 일에도 일어나는 불편한 감정들.

난독증이라고 했다. 도서관에서 12시간 책을 읽어도 의미가 안 들어온다고 했다.

"다 엄마 때문이야."

딸의 꿈이 무엇인지 물어보지 않았다. 어떻게 살고 싶은지 물어보지 않았다. 그냥 공부해서 대학 가라고만 했다. 대학 가서 나처럼 살지 말라고.

그때, 내가 고3 올라가기 전 단칸방으로 이사했을 때, 그래서 어머니는 나에게 대학 가라고 했을까? 당신처럼 살지 말라고?

딸이 마음공부를 시작했다. 처음 9박 10일을 하고 집으로 돌아와 말했다.

"엄마, 행복해질 가능성을 보았어."

어릴 때 이후로 처음 보는 환한 얼굴이었다. 딸은 휴학하고 마음공부를 더 해 보겠다고 했다. 잠시 마음을 알고 돌아갔는데, 책을 읽는 맛이 달라졌다고. 행간이 읽히고 저자의 마음이 느껴진다고.

결국, 딸은 한국의 명문대도, 영국의 명문대도 그만두고 마음공부의 길로 들어섰다.

아버지도, 오빠도 걱정하는 길,
딸은 나처럼 살지 않을까?

돈이 있으면
행복할 줄 알았는데

나의 불행을 돈 탓으로 여겼다.

돈만 있었다면, 아버지가 돈만 벌었다면,

오빠들이 돈만 주었다면….

근데 돈이 있어도 행복하지 않았다.

돈이 싫었다. 돈, 하면 떠오르는 것이 안락함, 편안함, 희망 따위가 아니었다. 좌절, 괴로움, 수치, 절망, 자포자기, 불평등 같은 부정적인 단어들이었다. 글을 쓰는 지금만 해도 긍정적인 단어는 가까스로 나오고, 부정적인 단어는 술술 써지지 않는가.

아니다. 정확히 말하면 너무 좋은데, 가질 수 없다고 굳게 믿어 심술 난 마음일까.

어릴 때는 안암동과 보문동 큰 한옥에서 살았고, 이문동 100평짜리 넓은 집을 떠난 뒤로는 숱하게 이사 다녔다. 1~2년에 한 번, 6개월 만에 옮긴 적도 있었다.

그때는 포장이사란 게 없어서 이삿짐은 거의 어머니 혼자 싸고 혼자 풀다시피 했다. 아버지에게 이사한 집 주소를 가르쳐 주면 저녁때나 되어 들어와서는, 뭐 이런 구석에 집을 얻었느냐고 불평했다.

할머니는 짐 정리도 덜 된 방에 누워 한탄했다.

"찍찍거리는 쥐도 집이 있고 날아다니는 새도 집이 있는데, 우리만 없다냐."

망원동에 친구 집이 있었다. 서울로 유학 온 친구에게 부모님이 마련해 준 집이었다. 운동권 친구들이며 후배들이 아예 제집처럼 드나들며 밥도 해 먹고 생활을 같이했다. 부잣집답게 인심이 넉넉했고 먹을 것도 많았다.

어느 봄날, 친구가 먹음직스러운 딸기를 사 왔다.

"내가 씻을게."

부엌으로 가지고 가 볼에 담고 물을 세게 틀었다. 한 번 씻고 나서 다시 헹구려는데 친구가 말했다.

"얘, 너는 딸기도 안 씻어 봤니? 그렇게 하면 다 뭉개지잖아."

순간 얼굴이 확 달아올랐다. 그랬다, 딸기를 사서 씻어 먹어 본 적이 없었다, 중학교 시절 이후로. 딸기를 어떻게 씻어야 하는지 알 리 없었다.

"아 참, 그렇지." 하며 아무렇지도 않은 척했지만 창피했다.

내가, 내 가난이, 가난한 부모님이.

결혼 전 돈을 벌 때는 부모님 생활비 드리고 남은 돈은 다 써 버렸다. 나를 수치스럽게 하고 돈을 수치스럽게 하면서 아무렇게나 썼다. 부모님과 형제와 세상이 다 그렇듯, 나에게는 돈도 가해자였다.

결혼 후에는 돈 때문에 쩔쩔맸다. 처음에는 남편이 해직 상태라 수입이 너무 적어 그랬고, 4년 6개월 후 복직하고부터는 집 장만하느라 그랬다. 먹고사는 최소한의 비용을 제외하고는 집을 위해 비축했다.

아이들이 자라고 마침내 민주정부가 들어섰다. 김영삼 정부 5년, 그러나 크게 달라지는 것은 없었다. 그토록 바라던 정권 교체가 이루어졌지만, 내 삶이 눈에 띄게 나아지지 않았다. 사회 변화가 피부로 느껴지려면 얼마나 오랜 세월이 걸릴지 알 수 없었다. 조바심이 났다. 그때 생각했다.

'그래, 나라가 국민을 먹여 살려 주지 못한다면 개인이 치열하게 살아남는 수밖에.'

부동산에 관심이 갔다. 고모들이 부동산으로 큰돈을 버는 것을 보았다. 부동산뱅크 잡지를 보며 재개발 투자에 대해 연구하고, 부동산 세법을 공부했다. 남편이 복직하고 얼마 후 11평 집을 팔았다. 집은 과천 18평 낡은 아파트 전세로 이사하고, 추가로 대출을 받아 신당동 재개발 지분을 샀다.

재수가 없으면 뒤로 넘어져도 코가 깨진다더니, 하필 얼마후 IMF가 터졌다. 이자가 자꾸 오르더니 27%까지 올랐다. 아이들 교육보험은 남편 몰래 깨고, 아르바이트해서 번 돈으로 한 달 두 달 이자 내느라 피가 말랐다. 집값은 뚝뚝 떨어졌다. 팔리지 않으니 버티는 수밖에 없었다. 다행히 김대중 대통령이 취임하고 1년 후, IMF 사태는 진정되었다. 재개발 아파트도 무사히 완공되어 2년 전세를 주었다 팔았다.

인터넷 부동산 카페에 가입하고, 뉴스를 검색하다 괜찮다 싶은 물건이 있으면 과감하게 질렀다. 종잣돈이 마련되니 운신의 폭이 넓어졌다. 이때부터였을 것이다, 돈이 통장에 기록되는 생명 없는 존재로 여겨지기 시작한 때가.

그 무렵 부동산 투자하는 사람들 사이에 '텐인텐'이 유행했다. '10년 안에 10억 만들기'였다. 불가능할 것도 없어 보였다. 사면 반드시 올랐으니까.

의왕 택지개발지구에 새 아파트 분양권을 사서 입주하고, 과천에 재건축 아파트 하나 사고, 송도에도 아파트 하나 사서 소위 포트폴리오를 만들어 놓고 부동산에서 손을 뗐다. '텐인텐'을 달성한 것이었다.

그럼 나는 행복해졌을까?

이상한 일은 돈이 없을 때나 있을 때나 늘 쩔쩔맨다는 점이었다. 돈은 통장의 숫자일 뿐이었다. 있어도, 없어도 편치 않았다. 있을 때는 없어질까 봐 못 쓰고, 없을 때는 없어서 못 썼다. 남편이나 나나, 자신을 위해서는 더욱 못 썼다.

평생 돈을 못 쓰는 것 같았던 어머니도 "거지도 손 볼 날 있다."며 고급 투피스 양장에 여우 목도리, 공단 코트, 실크 머플러, 진주 목걸이를 돌아가실 때까지 가지고 있었다. 무슨 날 차려입고 나서면 귀부인 같았다.

나는 돈으로만 따지면 어머니보다 많을 텐데도 고급스러운 옷 한 벌이 없다. 남편도 마찬가지다. 아이들 먹이고 가르치고 남은 돈은 저축해 놓거나 집에 깔고 앉는 것이 제일이다, 그저 믿고 살았다.

돈이 고마웠던 적이 없다. 아버지는 돈 못 벌어서 방에 갇혀 살았고, 어머니는 죽을 때까지 단칸방을 못 면했다. 자수성가하느라 뒤돌아볼 여유가 없었던 오빠들은 부모 버린 자식이 되었고, 나는 오빠들을 미워했다. 가족이 뿔뿔이 흩어졌다. 다 돈 때문 아닌가.

나의 불행을 돈 탓으로 여겼다. 돈만 있었다면, 아버지가 돈만 벌었다면, 오빠들이 돈만 주었다면…. 근데 돈이 있어도 행복하지 않았다. 누가 들으면 복에 겨워서 하는 말이라 하겠다.

그러고 보니 그분이 그랬다. 남편 친구의 아내였다. 해직도되지 않았고 일찍 결혼해서 아이들 많이 키워 놓고, 잠실에 큰 집을 가진 분이었다. 산정호수로 같이 놀러 가던 차 안에서 그분이 낮은 목소리로 말했다.

"사는 게 재미없어요. 하루하루가 무의미하고 우울해요."

도무지 이해되지 않았다. 남편은 해직 중이었고, 반지하 11평에 살고 있었다. 복직만 되면, 넓은 새 아파트만 생기면, 나는 더 이상 바랄 게 없을 것 같았다. 그때는 복에 겨워 그런다 생각했는데 문득문득 그분 말이 떠올랐다.

새 아파트 햇빛 잘 들어오는 거실 창가에서
파란 잔디밭을 내려다보노라면.

● ● ●

먼저 손을 내밀지 못했다, 믿을 수 없어서.
믿지 못해 자꾸 안으로 숨어들면서
껍데기는 두꺼워졌고,
급기야 바늘이 돋고 그 바늘이 많아지고
점점 날카로워졌다.

언제부터인가는 누가 쳐다보기만 해도,
누가 스치기만 해도
찌르고 마는 사람이 되어 있었다,
마치 성게처럼.

성게알처럼 바늘 안에 숨어서,
나는 여리디여린 피해자라고 믿고 살았다.

2장

———

상처를 안고 살아가다

타인에 대한
기대

이상하다,
안갯속을 거니는 것은.
어떤 사람도 다른 사람을 보지 못한다.
모두가 혼자다.

어머니가 아버지에게 붙여 준 별명은 '나만나만'이었다. 나만 위하라는 아버지 때문에 가뜩이나 많은 집안일이 더 많아졌으니 불만이 클 수밖에 없었다. 된장국을 끓여도 큰 냄비에 끓여서 주면 금방 안다고 했다. 작은 투가리_{뚝배기의 방언}에 보글보글 끓여 '나만' 먹게 해 줘야 숟가락을 들었다.

할머니는 100일 치성을 드려 외아들인 아버지를 얻었다. 한량인 할아버지가 밖으로 나도는 동안, 할머니는 논농사, 밭농사에, 모시 짜서 상경하여 궁의 나인들에게 팔면서 아버지를 공부시켰다. 아버지가 그 옛날 정읍에서 서울로 유학 와 경기고등학교와 서울대학교에 다닐 수 있었던 것은 전적으로 할머니 공이었다.

날 적부터 아버지는 미식가의 길로 접어들었다. 음식 솜씨 좋은 할머니가 아기 때부터 맛난 것만 골라 먹였을 테고, 서울로 와서는 시골에서 보내오는 돈으로 내로라하는 맛집을 찾아다니며 먹었을 것이다. 물만두는 북창동 어디, 냉면은 어디 하는 식으로.

아버지 아침은 토스트 두 쪽에 달걀 프라이, 우유 한 잔이었다. 지금이야 흔한 아침이지만 1960년대에는 귀한 음식이었다.

아침마다 연탄불에 석쇠를 올려놓고 버터나 마가린 발라 식빵을 굽는 냄새에 입안에 침이 고였다. 먹고 싶다는 말은 차마 못 하고 옆에서 서성거리면 어머니가 말했다.

"너희들은 앞으로 먹을 날이 많잖니."

아버지는 머리 좋은 엘리트에 일류 멋쟁이였다. 포마드 발라 넘긴 머리에서부터 파리가 미끄러질 정도로 광을 낸 구두까지, 한 점 흐트러짐이 없었다. 어머니는 아버지 팬티까지 다려 드렸다. 넥타이에 고급 넥타이핀, 카우스 보턴, 양복 주머니에는 넥타이와 색을 맞춘 실크 행커치프가 꽂혀 있었다. 옷이고 물건이고 샀다 하면 최고급이었다.

한창 돈 잘 벌 때 아버지는 명동에서 살다시피 했다. 이름깨나 있는 문인들과 친하게 지내면서 술값을 대주었다. '지금 그 사람 이름은 잊었지만'으로 시작하는 〈세월이 가면〉이란 명곡이 이진섭, 박인환과 같이 술을 마시다 즉석에서 나온 노래라고 했다.

그런 아버지가 싫었다. '나만' 아는 아버지가 싫었다. 엘리트가 싫고 멋쟁이가 싫었다. '그래 봐야 엄마 고생 시키고 저만 호강이지 뭐.' 하며 엘리트는 이기적이라는 등식이 마음 안에 깊이 새겨졌다.

어머니는 희생하며 바보같이 살아서 싫었다. 어떻게 보면 어머니도 아버지와 똑같이 이기적으로 느껴졌다. 어머니에게는 오로지 아버지밖에 없는 것처럼 보였다.

똑같이 3년 터울인 언니 오빠들은 내가 태어났을 때 이미 동맹을 맺고 있는 것 같았다. 같이 놀아 주다가도 우르르 저희끼리 놀러 나갔다. 아니면 오빠들은 오빠들끼리, 언니는 친구들과 놀았다.

오롯이 혼자였다. 안암동 한옥, 햇빛 눈부신 툇마루에서 마당을 내다보던 광경이 사진처럼 마음에 찍혀 있다. 평화롭고 한가한 오후. 연못도 있고 꽃도 있고 강아지도 있는 안마당을 바라보는 한 아이가 있다.

누군가 보았다면 아름답다 생각했을 광경. 그러나 아이 곁에는 아무도 없다. 아이 마음 깊이 외로움이 흘렀다.

말을 할 수 없었다, 외롭다고, 심심하다고. 어머니는 언제나 종종걸음치며 집안일을 했다. 나 때문에 더 힘들게 할 수는 없었다. 어머니 주위를 맴돌며 다듬이질도 하고 이불 홑청도 잡아당기고 음식 간도 보았다. 언니는 양말 한 짝도 안 빨아 "일에 꿀 발라 주면 꿀만 발라 먹을 년."이라고 할머니에게 욕먹었지만, 나는 양말도, 속옷도 빨았다.

집안일이 재미있어서 한 줄로만 알았다. 이제 보니 어머니 관심을 끌고 싶어서였다. 어쩌면 어머니를 도와주는, 세상에 하나뿐인 사람이 되고 싶었는지도 모르겠다.

초등학교 3학년 때는 어머니 지갑에서 돈을 훔쳤다. 얼마 동안인지 몰래 훔치다 들켜서 심하게 맞았다. 자식을 자유방임으로 키우는 어머니였지만, 한번 아니다 싶으면 다시는 같은 짓을 못 하도록 독하게 다잡았다.

그 후로 도둑질은 안 했지만, 어머니에게 마음의 문을 닫았다. 입도 닫았다.

이기적이고 '나만' 아는 아버지에게 사랑받고 싶다고 생각한 적이 없었다. 아버지는 언제나 너무 먼 존재였다. 어머니는 오직 아버지를 위해 사는 사람이었다. 해바라기처럼 아버지 비위를 맞추려고 조바심냈고, 할머니에게 인정받으려고 최선을 다했다. 어머니에게 나를 사랑하냐고 묻지 못했다. 나 아니라도 충분히 힘들었으니까.

할머니도, 어머니 아버지도, 언니 오빠들도 각자의 방식으로 각자의 삶을 살았다. 멀쩡한 집에서 태어나 멀쩡하게 자랐는데도 나는 버림받은 아이였다. 고아였다.

중학교 시절에는 그래도 명랑한 아이였다. 다니던 중학교는 개교 이래 명문 여고에 한 명도 보내지 못한 변두리 학교였다. 선생님들은 중학교 입시 폐지 후 처음 추첨으로 받은 신입생을 명문에 보내기 위해, 총동원되어 열심히 가르쳤다.

그해 처음으로 부임한 물상 선생님에게 꽂혀 물상 공부에 열을 올렸다. 3학년 때는 소녀시대 같은 걸그룹을 만들어 발표회도 했다. 3년 후 3명이 최고의 명문 여고에 입학했고, 나는 후배들에게 살아 있는 전설이 되었다. 특히 물상 선생님은 "물상 공부만 해서 명문 여고에 들어간 선배가 있다."며 어깨에 힘주고 다니셨다는 말을 들었다.

그때까지였다. 그래도 그때까지는 세상이 살 만했고 다른 사람들과의 관계도 괜찮았다. 아버지가 사회생활을 포기하면서부터 고아 마음이 완전히 표면으로 올라왔다. 집이 기울면서 법석대던 집안에 친척들의 발길이 끊기고, 어머니의 얼굴에서 표정이 더 없어지고, 아버지는 더 술에 취해 있고, 언니 오빠들은 하나씩 집을 떠나고…. 나는 또다시 혼자가 되었다. 아니, 늘 혼자였다. 잠시 잊고 살았을 뿐.

고등학교 시절 헤세의 시를 외우고 다녔다.
〈안갯속에서〉.

"이상하다, 안갯속을 거니는 것은.
어떤 사람도 다른 사람을 보지 못한다.
모두가 혼자다."

사람에 대한 기대란 아예 없었다.
가족에게도 다른 사람에게도,
심지어 나 자신에게도.

칭찬과 인정을
받기 위해 살아가다

누가 나보고 "일이 재미있다."고 했으면

때려 주었을지도 모른다.

내게 일은 열등하고 힘들고 힘없는

약자들이 하는 것이었으니까.

어머니는 늘 일을 했고, 할머니와 아버지는 일을 안 했다. 어머니는 약자였고 열등했고, 할머니와 아버지는 강자였고 우월했다. 어린 시절부터 경험한 이 간단한 등식이 '일하는 사람은 열등하고 일 안 하는 사람은 우월하다.'는 인식을 심어 주었다.

처음 출판사에 취직했을 때 어머니가 해 준 말이 있다.

"남의 돈을 먹으려면 콧속에 넣은 콩이 익어야 한다."

속에서 올라오는 뜨거운 김이 콧속의 콩을 익힐 정도는 되어야 월급 값을 한다는 뜻이다. 칫, 웃어넘겼다.

편집부 직원 둘에 영업사원 하나뿐인 작은 출판사였다. 사장님은 국문과 출신 현직 기자였다. 점심시간에 사무실에 들러 업무를 지시하고 신문사로 돌아갔다가, 퇴근하고 와서 몇 시간 일했다.

처음 맡은 일은 리라이팅. 싼값에 초벌 번역해 온 원서를 편집부 직원이 다시 쓰는 작업이었다. 《리모 윌리엄스》라는 킬링타임용 액션 스릴러였는데, 당시에는 인터넷이나 핸드폰이 보급되기 훨씬 전이라 직장인들이 짬 날 때 읽으면서 스트레스 풀기에 딱 좋았다. 어릴 때부터 무협소설과 〈미션 임파서블〉 같은 TV 시리즈물, 스파이 영화를 좋아했던 내게 나쁘지 않은 일이었다.

문제는 너무 꼼꼼하게 한다는 점. 그러고 싶어 그러는 게 아니라 내 기준에서 완벽하다 싶지 않으면 다음 문장으로 넘어가지 못했다. 짧은 영어에 국어 실력 하나로 머리를 쥐어짜며 일했다. 진도는 못 뺐는데 금세 점심시간이 되었고, 사장님이 와서 왜 이것밖에 못 했냐고 비난할까 봐 초조했다.

사장님은 과묵한 분이라 잔소리 한번 한 적이 없었다. 그날그날 한 일을 책상 위에 올려놓으면 메모지에 교정할 부분 몇 가지 적어서 다시 돌려주었다. 그뿐이었다. 그런데도 사장님 앞에 가면 주눅 들고, 빨리해야 할 것 같고, 특히 월급날에는 죄인이라도 된 기분이었다.

당시는 월급을 통장으로 넣어 주지 않고 현금을 봉투에 담아 사장님이 직접 주었다. 한 달 내 열심히 일하고 받는 돈인데도 큰 빚을 지고 은혜를 입는 듯 쩔쩔맸다.

더 열심히 해야지 스스로를 다그치며 야근하고, 남은 일은 집에 싸 가지고 가서 새벽 1~2시까지 일했다. 그래도 성에 차지 않았다.

《리모 윌리엄스》 시리즈가 화이트칼라 계층에서 큰 인기를 끌면서 여세를 몰아 비슷한 시리즈 몇 가지를 더 했고 사장님은 큰돈을 벌었다.

어느 날부터인가 회사에 가기 싫었다. 이제 할 만큼 했다는

느낌, 진이 빠진 느낌이었다. 성취감도, 보람도 없었고 사장님
은 여전히 어려웠다. 사직서 내기도 싫어 그냥 안 나갔다.

다음 직장에서도 마찬가지였다. 경력 사원으로 취직해 겉
으로는 큰소리쳤지만, 마음은 늘 초조했다. 누가 "이런 것도 모
르나?"고 비웃을까 봐, 사전의 바다를 헤매며 일일이 하나하나
확인하고 교정도 보고 교열도 보았다. 일 잘한다는 소리는 들
었지만 만족스럽지 않았다. 하루하루가 살얼음판이었다.
　누가 나보고 "일이 재미있다."고 했으면 때려 주었을지도 모
른다. 내게 일은 열등하고 힘들고 힘없는 약자들이 하는 것이
었으니까. 어머니가 아버지와 할머니에게 그랬듯, 최선을 다해
도 결코 인정받지도, 사랑받지도 못하는 해치워야 할 짐덩이에
불과했으니까.

　결혼 후 집안일을 할 때도 그랬다. 음식 하나 할 때 간을 열
두 번도 더 보았다. 짤까 봐, 싱거울까 봐, 너무 익었을까 봐, 설
익었을까 봐. 간장 넣었다, 소금 넣었다, 다시 물 넣었다, 간장
넣고 소금 넣고… 반복이었다.
　남편은 밥 늦게 준다고 신경질을 부렸다. 시간에 쫓겨 간신
히 밥상을 차리고 나면 남편 눈치가 보였다. 남편은 아버지가

아니었는데도, 반찬 투정을 하는 사람이 아니었는데도, 제시간에 주기만 하면 무엇이든 맛있게 먹는 사람인데도.

늘 늦게 차려 주며 맛없다고 할까 봐 전전긍긍했다.

아이들 키우며 집에서 아르바이트를 했다. 처음에는 번역도 하고 교정 교열도 보다가 인연이 되어 정치인 책을 대필하기 시작했다. 지금도 이름을 대면 알 만한 도지사, 구청장, 국회의원…. 김대중 대통령 책에도 참여했다. 《이경규에서 스필버그까지》. 내가 책을 써 준 정치인은 100% 당선되었다.

한 번도 다시 써라, 이 부분이 미흡하다, 지적받지 않았다. 쓰면 그대로 오케이였다. 고려대 교수를 하다 국회의원으로 나온 분은 나에게 '천의무봉'이라 극찬했다. 하늘에서 빚은 옷은 꿰맨 자리가 없다는 뜻이다.

다른 사람은 하나같이 잘한다고 하는데, 나만 아니었다. 늘 부족했다. 성에 차지 않았다. 원고를 쓸 때면 머리가 깨지고 뒷골이 뜨거워 얼음 주머니를 두르기도 했다. 머리를 쥐어짜 생각하고 읽고 또 생각하고, 소리 내 읽어 보고 고치고 또 고치고…. 한 문장, 한 문단 넘어가기가 태산 넘기만큼 힘들었다.

책을 완성하고 나면 두 번 다시 쳐다보기 싫었다. 어린이 책까지 포함하면 지금까지 쓴 책이 스무 권 가까이나 되지만, 애착 가는 책은 단 한 권도 없었다. 그저 지긋지긋하게 고생시킨 애물단지.

나만 나를 가혹하게 평가했다. 조금이라도 지적받으면 오그라들어 죽을 것 같아도 당연하게 받아들여지고, 칭찬은 아무리 받아도 믿어지지 않았다. 입에 발린 가식 같았다.

'괜히 듣기 좋은 말 하는 거야.'

왜 그런지 알 수 없었다. 좀 더 정확히 말하면 그것이 이상하다고, 이유를 알고 싶다고 생각하지 않았다. 나는 원래 못생기고 무능하고 열등하고 부족한 인간, 아무 쓸모 없는 인간, 언제 죽어도 그만인 사람이었다.

언젠가 딸이 말했다.

"엄마, 나는 내가 쓰레기 같아."

아들이 자퇴하고 집에 있을 때, 방에서 잘 나오지 않고 잘 씻지도 않을 때, 앞머리를 길게 늘어뜨린 아들에게 한마디 했다.

"답답하지 않아?"

"엄마, 나는 너무 추해서 사람들에게 얼굴을 보일 수 없어."

아들은 키 181센티에 잘생긴 얼굴이었다.

딸도 키 168센티에 날씬하고 예쁜 얼굴이었다.

누가 보아도 멋진 두 아이의 내면에 내가 살고 있었다.
나의 내면에 시집살이 남편살이에 찌든
어머니가 살고 있듯이.

내 멋대로
해석하다

감정 표현을 극도로 절제하는 집안에서
발달할 수 있는 것은 무엇일까?
머리였다. 다들 머리가 좋았다.
느끼기보다 생각했다.

어머니에게 딱 한 번 사랑받았다고 느낀 적이 있었다. 어머니가 폐암에 걸려 요양원에 들어가려고 준비할 때였다. 보증금 3천만 원을 마련하느라 자식들끼리 설왕설래하면서 갈등이 일어났다. 평생 누구에게 요만한 소리도 듣지 않고 싶어 했던 어머니였다. 오빠와 언쟁을 하고 막 전화기를 내려놓자마자 벨이 울렸다.

"나야."

어머니였다. 목소리가 여느 때와 달랐다.

"왜, 엄마?"

대답이 없었다.

"왜?"

"내가 웬만해서 울지 않는데, 오늘은 자꾸 눈물이 나는구나."

그랬다. 어머니가 우는 모습을 평생 보지 못했다.

"왜? 누가 뭐라고 했어? 엄마는 가만히 있으라니까. 내가 알아서 할게."

"그래, 알았다."

그때가 처음이자 마지막이었다, 자식 앞에서 무너지는 모습을 보인 것은. 사랑한다고 말하지 않았다. 그저 속마음을 있는 그대로 보여 주었을 뿐이었다. 어머니 돌아가시고 돌이켜보니 왠지 그 순간이 가장 사랑받았다고 느껴졌다.

셋째 오빠가 이런 말을 했다. 즐거운 자리에는 얼마든지 어울리겠는데, 슬픈 사람에게는 뭐라고 해야 할지 모르겠다고. 나도 그랬다. 여럿이 웃고 떠드는 자리는 괜찮았지만 단둘이 있으면 불편했다.

어릴 때부터 집안 분위기가 그랬다. 안방에 모여 식사하고 나면 다들 자기 방으로 들어갔다. 형제들끼리 배 깔고 누워서 만화책 보고 TV 보고 놀기는 했어도, 그뿐이었다. 가족이 모여 오순도순 얘기하거나 큰소리 내며 싸우거나 하지 않았다. 참다못한 어머니가 아버지와 다투기도 했지만, 아주 어쩌다 있는 드문 일이었다.

평화로운 가족이었다. 성질 부리는 사람은 딱 두 명, 할머니와 아버지였다. 할머니는 욕 잘하고 할머니 말대로 '거짓말도 참말처럼 하고' 화통했다. 아버지는 성질 급하고 맺고 끊는 게 분명하고 뜨뜻미지근한 것은 못 참았다. 물도 미지근한 물을 드렸다가는 대접이 날아오기 십상이었다. 나머지 가족들은 보고도 못 본 체, 들어도 못 들은 체. 감정을 드러내는 것은 저급한 일이었다.

감정 표현을 극도로 절제하는 집안에서 발달할 수 있는 것은 무엇일까? 머리였다. 다들 머리가 좋았다. 느끼기보다 생각했다. 다른 사람이 마음에 들지 않게 행동하면, 소통하고 이해하기보다 혼자 생각하고 해석하고 결론을 내렸다. 그대로 믿어버렸다.

각자 자기가 제일 똑똑하고, 자기가 제일 옳았다.

남편은 걸핏하면 소리를 질렀다. 음악 선생님이라 그런지 감정을 잘 느끼고 잘 표현했다. 소리 지르는 아버지는 어머니를 고생시키는 악역이었다. 소리 지르는 남편을 보면 아버지가 떠올랐다.

왜 소리 지르는지, 무엇이 문제인지 터놓고 대화하지 않았다. 남편 목소리가 커질수록 냉정해지면서 말을 하기 싫었다. 입을 다물고 며칠이고 지냈다. 가끔 나도 소리를 치기도 했는데, 그건 어디까지나 정당방위였다.

결혼 생활이 길어질수록 하나의 생각이 굳어졌다. 속아서 결혼했다는 것. 성질 나쁜 사람이 결혼하려고 착한 척 속였다는 것이다. 남편과의 갈등이 빚어질 때마다 '그래, 속은 거야.' 곱씹었다.

남편의 모든 말과 행동의 원인을 '나쁜 성질'에서 찾았다. 나의 문제는 보이지 않았다. 보이지 않으니 해결책을 찾을 수도, 용서할 수도 없었다. 불행은 깊어만 갔다.

아이들이 자라면서 부딪치는 일이 잦아졌다. 아이들에게만큼은 최선을 다해 뒷바라지한다고 믿었지만, 두 아이 모두 편하지 않았다. 아들은 아들대로 힘들어했고, 딸은 학년이 올라갈수록 발끈거렸다.

딸이 고3 때였다. 입시가 얼마 안 남았는데 머리도 아프고 허리도 아프다며 병원 가서 엑스레이 찍고 검사하자고 했다. 나도 모르게 한숨이 나왔다.

"왜 하필 지금이야? 좀 참으면 안 돼?"

"엄마! 어떻게 그렇게 말해?"

화내는 딸을 입으로 달래면서도 '엄살 부리는 걸지도 몰라, 자기 힘든 거 알아 달라고 그러나.' 생각했다. 딸은 살면서 엄마에게 마음을 이해받은 적이 없다고 했다.

아들이 힘들어할 때는 공부 잘하는 동생을 이길 수 없어 일부러 엇나가는 거야, 이렇게 '생각'했다.

남편이 아르바이트하라고 할 때는 마누라 편한 꼴 못 봐서 들볶느라 그러는 거야, 이렇게 '생각'했다.

아버지가 돈 안 벌 때는 다른 자식 다 키워 놓고 나만 미워서 버린 거야, 이렇게 '생각'했다.

어머니가 자식 내버려두고 일만 할 때는 자기만 남편하고 시어머니에게 인정받으려고 저러는 거야, 이렇게 '생각'했다.

언니 오빠들이 결혼해 집을 떠날 때는 나한테 다 떠넘기고 자기들만 잘살겠다고 버린 거야, 이렇게 '생각'했다.

사장님이 일 언제 끝내냐고 물을 때는 아직 그것밖에 못 했냐고 비난하는 거야, 이렇게 '생각'했다.

남편이 밥 언제 주냐고 물을 때는 아직 밥도 안 주고 뭐하냐고 욕하는 거야, 이렇게 '생각'했다.

딸이 엄마는 살림하는 게 재밌냐고 물을 때는 얼마나 무능하고 못났으면 집에서 살림밖에 못하냐고 무시하는 거야, 이렇게 '생각'했다.

동료 직원이 이제 오냐고 말할 때는 왜 이렇게 늦게 왔냐고 까는 거야, 이렇게 '생각'했다.

매 순간 생각하고 그대로 믿었다. 그 생각이 맞는지 확인하지 않았다. 상대에게 묻지 않았다. 진짜 큰 문제는 이런 '생각'들이 수면 위로 잘 떠오르지 않는다는 것이었다. 나도 모르게, 물밑에서 매 순간 재깍거리며 생각하고, 오해하고, 오해가 오해를 낳고 확대 재생산되면서, 거대한 하나의 믿음이 되어 내 안에서 자동 시스템으로 돌아갔다.

심장은 점점 차가워져 〈눈의 여왕〉에 나오는 소년처럼
얼음 조각이 박힌 듯 감정을 느끼지도,
타인의 감정을 공유하지도 못했다.

힘들고 우울한
시간들

언젠가 같은 직장에서 일했던 분이

이런 말을 했다.

내가 두 발을 땅에 안 붙이고

사는 것 같다고.

사람을 만날 수가 없었다. 너무 무서웠다. 또 그런 일이 생길까 봐. 나 때문에 한 사람의 인생을 망칠까 봐.

그 친구, 남영동 대공분실에서 팔아넘긴 친구. 참 좋아했던 친구였다. 듬직하고 시원시원한 그 친구 옆에 있으면 가슴이 뻥 뚫리는 것 같았다. 그 친구를 볼 수가 없었다. 너무 미안했지만, 만나서 사과할 용기가 없었다. 피했다. 친구 모임에도 안 나가고 전화도 안 했다.

그 시절엔 아무도 나를 욕하지 않았다. 점조직이었고 불지 않고는 넘어갈 수 없던 때였다. 그래도 나를 용서할 수 없었다. '다시는 아무에게도 영향을 미치지 않을 거야, 아무에게도.' 수없이 다짐했다.

처음 조직에 대해 말했을 때 친구는 망설였다.

"난 잘 모르겠어."

"오픈 운동으로는 더 이상 안 돼."

"그래도…, 좀 더 생각해 볼게."

겁이 났다. 보안이 생명인 조직이었다. 만약 친구가 안 들어오고 다른 사람에게 말하기라도 하면? 윗선에 그대로 말할 수는 없었다. 일단 말을 꺼내면 어떻게든 가입시켜야 했다. 다시 만나 설득했다.

"생각해 봤어? 같이 하자."

친구는 망설였다. 내키지 않는 눈치였다. 비난받을까 봐 조바심이 났다. 결국, 억지로 허락을 받아 선배에게 보고했다.

이 부분이 두고두고 마음에 걸렸다. 내켜 하지 않는 친구를 억지로 가입시키고, 지켜 주지도 못하고 인생을 망치게 했다는 것이. 돌이켜 생각만 해도 가슴이 옥죄어 왔다.

속 시원히 사과도 못 했다. 그냥 죄인이었다. 친구 팔아넘긴 죄인. 그렇다고 내 이름을 댄 윗선을 원망하는 것도 아니었다. 어떤 상황이었는지 이해되니까. 똑같은 상황에서 내가 한 짓은 용서되지도, 이해되지도 않았다. '다시는 다른 사람에게 이러자 저러자 말하지 않을 거야.' 다짐하고 또 다짐했다.

가뜩이나 친구가 없었는데, 그 후로 모든 인간관계가 겉돌았다. 마음을 줄 수가 없었다. 직장에서도 동료들과 같이 밥 먹고 술 마시고 산에도 갔지만, 더 이상 깊어지지 않았다.

첫 직장에 근무할 때 점심시간에 사장님이 못 오는 날이면 원고를 가지고 신문사로 갔다. 서대문에서 광화문으로 이어지는 뒷길을 걸어서. 비 오는 날에도, 화창한 날에도. 이상하게 나는 화창한 날에 더 기운이 없었다.

어느 날이었다. 길 위의 돌멩이를 툭툭 차며 걷다 무릎에 힘이 빠져 주저앉았다. 눈에 들어온 돌멩이 하나.

'그래, 니가 나보다 낫구나. 돌멩이보다 못한 인생. 그래도 쟤들은 뭔가 쓰임이 있어 저 자리에 있는데, 나만 쓸모없이 굴러다니는구나.'

삶의 목표도, 희망도 없었다. 그저 남에게 피해 안 입히고 살다 죽는 게 가장 큰 바람이었다. 언젠가 같은 직장에서 일했던 분이 이런 말을 했다.

내가 두 발을 땅에 안 붙이고 사는 것 같다고.

그 친구가 결혼을 했다. 마음 한구석이 놓였다. 일부러 연락하지 않고 소식도 묻지 않았다. 몇 년 지나, 친구 남편이 심하게 아프다는 말을 들었다. 친구는 하던 일을 다 접고 치료하러 전라도 어디로 떠났다는 소식이 뒤이어 들려왔다.

언젠가는 둘이 몹시 싸웠다는 이야기도 들렸지만, 10년 넘게 아이가 없던 친구가 딸 아들 연이어 낳고 나서, 부부 사이가 다시 좋아졌다고 했다.

다시 10년 넘은 어느 날, 친구가 암에 걸렸다고 했다. 가슴이 덜컥 내려앉았다. 아직 제대로 사과도 못 했는데.

다른 친구와 둘이 강남 성모병원을 찾았다. 한쪽 가슴을 절제하고 초췌해진 모습. 미안하다는 말이 나오지 않았다. 오랜만에 만나 반가워하는 친구와 일상적인 얘기를 하고 돌아오는데, 버스 안에서 자꾸 가슴이 내려앉았다.

편지를 쓸까 생각했지만 용기가 나지 않았다.
'벌써 몇십 년 전 일이잖아. 친구는 벌써 잊었을 거야. 나를 용서했을 거야. 아니, 용서해야 한다는 생각조차 하지 않을지도 몰라. 그때는 다 그랬잖아.'
생선 가시처럼 친구가 가슴에 걸려 있었다.
친구 남편이 죽었다.
그리고 몇 년 후, 친구가 죽었다.

기회가 없지 않았다. 몇 번이나 기회가 있었다. 집을 떠나 있는 동안 다른 친구에게 전화가 왔었다. 친구 암이 악화되어 병원에 입원해 있는데 많이 안 좋다고. 같이 문병 가자고. 핑계부터 떠올랐다.
"나 지금 서울 아니야. 가기 힘들어."
전화기 너머 울먹거리는 친구 목소리가 들렸지만 모른 체했다. 피하고 싶었다.
'나는 죄인이야. 죄인이니까 벌 받고 사는 게 당연해.'

언제부터인가 힘든 일이 있을 때마다 이런 생각이 들었다. 친구 팔아넘기고 불행하게 살게 한 죄인.

그러고 보니 죄책감은 내게 익숙한 느낌이었다. 누구에게 나 당당하지 못하고 눈치 보고 맞춰 주고 쩔쩔매고 할 말 못 하 고, 모든 책임은 내가 다 져야 하는데 인정은 못 받아야 하고⋯. 무슨 일이 생기면 다 내 탓인 것 같고⋯. 겉으로는 활발하고 할 말 다 하는 것 같지만 속으로는 그랬다.

딱 어머니였다. 절대로 어머니처럼 살지 않으려고 했는데 똑같았다. 내가 친구에게 너무 미안해서 미안하다고 못 한 것 처럼, 어머니도 너무 미안해서 내게 미안하다고 못했을까?

친구야,
나를 용서해 줄래?

버림받고
버리다

참는 것이 안 버리는 것인 줄 알았다.

참는 것이 얼마나 버리는 것이며,

더 큰 상처를 줄 수 있다는 걸

몰랐다.

할머니에게 아버지는 '조선 천지에 둘도 없는' 아들이었다. 기생 끼고 놀러 다니는 남편 대신 믿고 사는 기둥이었다. 아버지가 결혼한 뒤에도 할머니는 '우리 대주 우리 대주' 하면서 아버지를 해바라기했다. 간혹 아버지 표정이 안 좋으면 어머니에게 쫓아와 물었다.

"니가 무슨 말전주_{말을 옮기며 이간질하는 짓}했냐? 쟤가 저런 사람이 아닌데 오늘은 이상하네."

아버지는 할머니에게 잘하면서도 가끔씩 버럭 소리를 지르며 가까이 못 오게 했다.

"이렇게라도 기를 눌러 놔야 당신 숨이라도 쉬지."

아버지는 친구가 없었다. 한창 잘나갈 때는 술친구며, 선물 보따리 들고 집으로 몰려드는 사람들, 친척들이 많았다. 사회생활이 좌절되고 집에 들어앉은 후에는 술 한잔 하자며 연락해 오는 친구가 없었다. 늘 방에서 혼자 술을 마셨다.

가족들은 아버지가 자존심이 너무 세서 그렇다고 했다. 굶어 죽을 지경이면 아무라도 찾아가 취직 부탁을 해야지, 자존심을 꺾기 싫어 부모 자식 굶긴다고 수군거렸다.

아버지를 이해할 수 없었다. 학벌이 부족하나, 실력이 없나. 영어는 뉴욕 가서 몇 마디 하면 호텔 보이가 바로 "써Sir!" 하며 존댓말하고, 일어는 모국어 수준이고, 중국어도 능통한 아버지였다. 박정희 정권 초기, 상공부 차관보로 발탁돼 무역진흥공사 만들고 수출입국 기치 세운 사람이 아버지였다.

근데, 가족은 생계를 걱정했다. 할머니는 "열두 재주 가진 놈이 끼니 걱정 한다."며 끌끌거렸다. 누가 봐도 아버지 자신을 아버지 자신이 망치고 있었다. 세상이 나를 버렸다며, 아버지가 세상을 버린 게 아니라 세상이 아버지를 버렸다고 믿고 있었다.

어머니는 전라도 광주 일대에 큰 땅을 소유한 대지주의 딸이었다. 그 옛날 일제시대에 전남여고 나와 사범학교 졸업하고, 선생님을 잠시 하다 정읍 99칸 대갓집으로 시집 왔다. 여류화가 천경자가 여고 동창이라 했다. 어릴 때는 어머니가 꽃무늬 원피스 입고, 챙 넓은 주황색 모자에 흰 장갑 끼고, 여고 동창회 다니던 모습을 보았다. 돌아오면 천경자가 어떻고 한국은 행장 부인 누가 어떻고 자랑삼아 말했다.

아버지가 집에 들어앉고부터 어머니는 친구 모임에 나가지 않았다. 만나는 사람은 고모며 이모들이 전부였다.

할머니는 가세가 기울자 어린 나를 붙잡고 한탄했다.

"정승집 개가 죽으면 문전이 우글대고 정승이 죽으면 찬바람 분다더니, 우리가 딱 그 꼴 아니냐."

할머니와 한방을 34년, 결혼 전까지 썼다.

"노들강변 봄버들 휘휘 늘어진 가지에다 무정 세월…."

할머니 노랫가락과 함께 산전수전 다 겪고 체념한 세월의 흔적이 뼛속 깊이 스며들었다.

아버지가 버림받는 것을 보았고 버리는 것을 보았다. 어머니가 버리는 것을 보았고, 할머니가 버림받는 것을 보았고, 언니 오빠들이 버리는 것을 보았다. 버림받고 버리는 것이 내게는 일상다반사였다.

세상과 사람에 대한 기대가 그만큼 없었다. 친구를 만나면 처음에는 좋았다. 겉으로 보기에 명랑한 나를 사람들은 금세 좋아했다. 한 번 두 번 만나고 친해지다 보면 알게 모르게 내 마음속에 부담감 비슷한 게 생겨서 차츰 거리를 두었다. 여러 번 만나자고 하면 한 번 만나고 나서는 내 쪽에서 먼저 연락하지 않았다.

"애, 너는 왜 사람을 짝사랑하게 만드니?"

고등학교 동창으로 운동권에서 다시 만나 친해진 친구가 어느 날 신경질적으로 쏘아붙인 말이었다.

친구가 없는 것은, 감옥 간 친구에 대한 죄책감 때문이라고 생각했다. 근데, 돌이켜보면 초등학교 친구는 중학교 가면 안 만나고, 중학교 친구는 고등학교 가면 안 만났다. 운동권 친구들도 결혼하고 안 만났다.

가장 오래 관계를 유지한 사람이 남편이었다. 한번 결혼한 이상 끝까지 가야 한다는 소신 같은 게 있었다. 이해하고 소통하면서 살아야 한다는 것은 애초에 알지 못했다. 버리지도 말고 버림받지도 말고 관계를 유지해야 한다는 집착만 생겼다. 관계 자체에 대한 집착.

의식적으로 한 것은 아니지만 그래서였을 것이다, 그토록 참은 것은. 관계를 깨면 안 되니까.

해직 기간 때였다. 아이들과 늦은 저녁을 먹고 있는데 남편이 술에 취해 들어왔다. 누가 보아도 초라한 밥상.

남편이 물었다.

"왜 국이 없어?"

짜증이 났다.

"애들은 국 없어도 잘 먹어."

갑자기 남편이 반찬 그릇을 들더니 하나씩 던지기 시작했다. 놀란 아이들을 다른 방에 데려다 놓고 집을 나왔다. 가까운 공원 벤치에 앉아 있으니 남편이 나왔다.

"미안해."

말을 듣고도 입이 열리지 않았다. 가만히 있었다. 그냥 참았다. 참는 것이 안 버리는 것인 줄 알았다. 참고 견디며 관계만 유지하면 된다고 생각했다.

그렇게 23년을 참다가 남편을 버렸다. 참을 만큼 참았다는 마음이 있었다. 참는 것이 얼마나 버리는 것이며, 버리는 것보다 더 큰 상처를 줄 수 있다는 걸 몰랐다.

버리면 싸우고 부딪치며 돌이킬 가능성이 있지만, 일방적으로 참으면 상대에게 그 가능성조차 원천봉쇄하는 것임을 그때 나는 몰랐다.

아이들과의 관계에서도 참았다. 참고 뒷바라지하면 언젠가 내 마음을 알아주겠지, 했다. 아이들에게 문제가 생기면 해결책을 찾아 주었다. 인터넷 뒤지고 책 읽어서 정보를 주었다.

마음을 이해해야 한다는 것은 알지 못했다. '이해'라는 말이 애초에 없었다, 내게는. 글로 쓰고 보니 참 이상한데, 정말 이해가 무엇인지 몰랐다. 공감이 무엇인지 몰랐다.

먹이고 키우고 가르쳐서 독립시키면 부모 노릇을 다하는 것이고, 자식 안 버린 엄마가 되는 길이라 믿었다.

"엄마, 나는 고아 같아."

언젠가 딸이 이런 말을 했을 때 엄청난 배신감에 휩싸였다. 생각해 보면 나도 부모 형제 멀쩡히 있어도 고아처럼 살았는데. 그건 부모가 무능해서 그랬던 것이고, 나는 다르다고 생각했다.

버림받고 버린다는 것, 안 버림받고 안 버리는 것.
아직도 내게는 어렵기만 하다.

내가
제일 밉다

나는 내가 무엇을 좋아하는지
모르고 살았다.
좋아하는 거 하나 있다.
숫자 4다. 죽을 4.

젊을 때 점깨나 치러 다녔다. 처음에는 어머니랑 다녔고 나중에는 혼자 다녔다. 사는 게 너무 불안했다. 언제 무슨 일이 생길지 몰라 무서웠다. 내 인생인데 내가 할 수 있는 일이 없었다. 타고난 사주팔자대로 사는 것이라 믿었다.

"병신년에 병신월, 네 사주에 신이 둘이야. 신은 '귀신 신'하고도 통하니, 무당굿은 절대 하지 마라."

어머니 말씀이셨다. 젊을 때부터 사업한다고 들어먹기 일쑤인 아버지 때문에 점집에 들락거리다 반은 역술가가 된 어머니였다.

"너는 운이 늦게 들어온다더라. 5~60 넘으면 죽을 때까지 대통이래. 누구에게나 때가 있는 법이니 느긋하게 살아라."

"참, 다 늙어 무슨 대통이야. 무슨 운이 그래?"

20대 때는 서른 넘으면 나아지려나 기다리고, 서른 넘어 결혼하니 아이들만 다 키워 놓으면 괜찮으려나 하고, 그러다 저러다 환갑이 넘었다.

사람은 누구나 꿈이 있다고 한다. 내 꿈은 무엇이었을까? 꿈을 생각해 본 일이 없다. 간호학과 입학할 때 면접하는 분이 물었다.

"왜 간호학과에 들어오고 싶어요?"

"제 일도 갖고 다른 사람도 도와드리고 싶어요."

어떻게든 입학금 싼 국립대학에 들어가려고 즉흥적으로 한 말이었다. 다른 사람을 도와주며 살고 싶다고, 그것이 내 꿈이라고 생각하고 노력해 본 적이 없었다.

대학에 들어가고 나서 오히려 내 삶에 아무도 기대하지 못하게 하리라 결심했다. 입학식을 마친 3월 초 어느 날, 대학로 학림다방에서였다. 커피 한 잔 시켜 놓고 창가에 앉아 있다가 갑자기 그런 생각이 났다.

다방 아가씨를 불러 담배를 시켰다. 처음으로 피워 보는 담배. 손가락 끝까지 힘이 빠지며 아득해졌다. 공공장소에서 여자가 담배 피우는 모습을 보기 드문 때였다. 그날, 그 학림다방에서 왜 그런 결심을 했는지 아직도 모르겠다.

아무튼, 그때부터 나를 망치듯 살았다. 문득 정신을 차리고 보니 스물아홉, 서른이 코앞이었다. 서른 넘어서도 마찬가지였다. 달라진 게 있다면 완전한 자포자기. 그 상태로 결혼하고 아이를 낳아 길렀다.

나는 무엇을 좋아하지? 무슨 음악을 좋아하나? 아니, 음악을 좋아하기는 하나?

어릴 때부터 자연스럽게 노출된 TV와 영화 보기를 제외하고, 나는 내가 무엇을 좋아하는지 모르고 살았다.

몇 해 전 우연히 〈위 플래시〉라는 영화를 보았다. 미친 듯 흘러나오는 재즈 선율. 내 몸 깊숙한 곳에서부터 리듬을 타고 있었다. 아버지 생각이 났다. 재즈를 좋아했던 아버지는 자식 다섯으로 밴드를 만든다며, 그 옛날에 드럼, 기타, 피아노 같은 악기를 집에 들여놓았다. 셋째 오빠 한 명만 기타를 쳤을 뿐, 아버지의 희망은 이루어지지 않았다.

전혀 좋아하지도, 즐기지도 않았던 재즈 선율을 그날 온몸으로 받아들이며 춤추었다. 내가 재즈를 좋아하는지 그때 처음 알았다.

언젠가는 아는 선생님이 아주 작고 예쁜 시계를 생일 선물로 주었다. 선물을 받는 순간 든 생각.

'아휴, 내가 이런 걸 어떻게 해?'

그런데 서랍에 넣어 두었다 한 번 두 번 착용하는 사이 시계가 점점 사랑스럽게 보였다. 평생 꾸미지 않고 털털한 취향인 줄 알았는데, 작고 예쁜 물건 좋아하는지를 그때 처음 알았다.

나에 대해 아무것도 몰랐고, 알려고도 하지 않았다. 그냥 되는 대로 맞춰 주며 살았다. 누가 뭐 먹고 싶냐고 물으면 "글쎄."

하고, 그 사람이 이것 먹자고 하면 "그래." 했다. 그 순간 무엇이 먹고 싶은지 내게 묻지 않았다. 알려고도 하지 않았다.

좋아하는 거 하나 있다. 숫자 4다. 죽을 4.
청소년들과 1년여 생활한 적이 있었다. 하루는 '내가 가장 좋아하는 숫자'라는 제목으로 글쓰기를 했는데, 일본에서 건너온 아이가 숫자 2를 좋아한다고 했다.
"1이 아니라 2면 무엇이든 같이 시작해 볼 수 있으니까."
그 아이가 2를 좋아하는 이유였다. 무엇이든 '같이' 시작해 볼 수 있으니까, 이 말이 충격으로 다가왔다.
나는 4를 좋아한다. 지금 사는 집도 404호다. 언제든 죽음을 염두에 두고 사는 나, 둘만 있으면 언제든 새로 출발할 준비가 되어 있는 그 아이.
아이들은 나에게 많은 사랑을 주었고 사랑받기를 원했다. 나에게 아이들은 책임져야 할 존재였다. 사랑받기 원하는 간절함에 애써 마음을 닫고, 무사하기만 바랐다. 조금이라도 힘들게 하는 아이가 있으면 버리고 싶었다.
'나는 너희를 사랑할 자격이 없어.'

그랬다. 나는 무엇도 할 자격이 없는 사람이라 여겨졌다. 옷

가게에 가서 빛깔 고운 핑크색 티셔츠를 입어 보면 진땀이 났다. '그런 옷은 예쁜 여자들이나 입는 거야.' 내 안에서 나를 비웃는 목소리가 있었다.

책을 쓰고 싶었지만, '네까짓 게 무슨 책을 써. 대학도 못 나왔잖아. 전공도 없잖아. 고졸이 쓴 책을 누가 읽어?' 하며 비웃는 목소리가 있었다. 그건 나에게 절대 허용할 수 없는 분에 넘치는 짓이었다.

어머니는 늘 말했다.

"오리알에 제 똥 묻은 것만큼만 살아라."

두고두고 어머니를 원망했다. 내가 이 꼴로 사는 게 어머니 때문인 것 같았다. 평생 어머니가, 아버지가, 언니 오빠들이 나를 버렸다고 탓하며 살았다.

지금 보니 내가 나를 버려도

너무 모질게 버리고 살았구나 싶다.

산 척하고
죽어 있기

어머니는 죽은 채 살다
진짜 죽었지만,
나는 죽은 채 살다
진짜 살아 보고 싶어졌다.

사람이 산다는 게 무엇일까? 어떻게 해야 사는 걸까? 나이 쉰을 훌쩍 넘어 마음공부를 시작하고 나서야 이 물음을 생각하기 시작했다. 그전에는 그저 존재하면 사는 것인 줄 알았다. 어떻게 존재해야 하는 것인지 자문하지 않았다. '어떻게'가 빠진 인생.

어느 날, 내 삶을 되돌아보다가 깨달았다.

'아, 내가 한순간도 살아 있지 않았구나.'

물론 생물학적으로는 살아 있었다. 남들처럼 밥 먹고 똥 싸고 학교 가고 결혼하고 애 낳고, 남들 하는 건 웬만큼 다 했다. 그럼 생물학적으로 살아 있는 것이 진정 살아 있는 것일까? 도대체 살아 있다는 것이 무엇일까?

마음공부 한다고 지리산 어느 곳에 3년 7개월 동안 있으면서 살아 있는 건 이런 거구나 맛본 적이 있다. 가을 초입이었다. 여느 아침처럼 작은 언덕을 넘고 호숫가를 한 바퀴 돌아 상쾌하게 뛰어 내려오는데, 멀리 지리산 줄기가 보였다. 나도 모르게 '아름답구나!' 했다. 아름다웠다, 가을로 접어들어 조금씩 색이 변하는 나무들. 같은 듯하면서도 미묘하게 다른 색의 향연.

한참 감탄을 하다가, 갑자기 풍경을 바라보며 '생각'하는 나를 발견했다. 분명 그랬다. 가슴에서부터 느끼고 감동하는 것이 아니라 머리로 '아름답구나!' 생각하고 있었다. 눈을 지그시 감고 느껴 보려 했지만 아무 감흥이 없었다. 다시 눈을 떴다가 감으며 느껴 보려 해도 미묘한 반향조차 없었다.

숙소에 들어가 음악을 들었다. 역시 '좋구나!' 생각했다. 다른 음악을 들어도 마찬가지였다. 음식을 먹을 때도 '맛있네.' 생각했다. 하루를 그런 식으로 보내고 스스로 놀랐다.

'내가 감정이란 것을 모르는구나. 느낀다는 것이 무엇인지 모르는구나.'

살면서 짜증 나고, 화나고, 싫고, 피하고 싶고, 불안하고, 긴장되는 '느낌' 혹은 '감정'들은 늘 있었다. 그러니까 정확하게 말하면 부정적인 감정에는 익숙하고, 긍정적인 감정은 닫고 살았다. 부정적인 감정들은 너무 익숙해 마치 물에 빠진 사람처럼 푹 잠겨 있었으니 순간순간의 감정을 느끼고 표현하는 것은 하지 않았다. 늘 그런 상태지만 웬만해서는 알지조차 못했다.

그날부터 '감정'이란 것을 느껴 보려 했다. 운동할 때도 뛰기보다 천천히 걸으며 나무도 보고 새도 보고 하늘도, 구름도 보았다. 바람의 숨결, 떨어지는 나뭇잎의 율동, 시간을 따라 변화하는 자연의 빛깔….

아무리 노력해도 가슴은 무덤덤했다. 눈이, 얼굴이 아닌 가슴에 있다고 가정하고, 가슴으로 풍경을 받아들이고 느껴 보려 했다. 결과는 마찬가지였다.

하루 이틀 시간이 지나고 가을은 조금씩 깊어 갔다. 어느 날 아침, 오르막을 올라 막 정상에서 아래를 내려다본 순간이었다. 아스라이 멀리 지리산 봉우리가 겹겹이 포개진 위로, 분홍빛 구름이 진하고 여린 농도를 달리해 마치 안개처럼 봉우리를 감싸고 있었다.

애써 느끼려 하지 않았다. 무심히 바라보는데, 갑자기 눈물이 비 오듯 쏟아졌다. 소리까지 내며 엉엉 울었지만, 왜 우는지 몰랐다.

얼마인가 후, 이번에는 호숫가를 돌아 오르막을 오르려다가 무심코 고개를 돌려 수면을 바라보았다. 맑은 물 위로 단풍이 물든 나무들이 비치고 아침 햇살에 물안개가 피어올라 아련히 반짝거렸다.

그 자리에 주저앉아 다시 엉엉 울었다. 왜 눈물이 나는지 몰랐다. 그냥 울었다. 이런 게 느끼는 건가 싶었다. 또다시 그런 느낌을 느끼고 싶었다.

하지만 두 번뿐이었다.

가을은 점점 깊어졌고, 그해 지리산 단풍은 유난히 아름다웠다. 형형색색의 살아 있는 나무들 틈에서 죽은 나무조차 빛을 발하고, 이따금 하늘빛 딱따구리가 떼 지어 날아다녔다.

빨간 단풍잎이 떨어져 지천으로 깔린 길은 그대로 별이 뒤덮인 지리산의 겨울 하늘이었다.

한번은 작고 붉은 단풍잎 하나를 손바닥 위에 올리고 애원했다.

'제발, 너를 느끼게 해 줘.'

가슴이 찢어질 듯 아파 오며 바들바들 떨렸다. 억지로 느끼려 할수록 가슴에 통증이 느껴졌다. 통증은 가을 내내 지속되었다.

왜 그렇게 마음을 닫고 살았을까, 느끼는 것이 왜 그렇게 무서웠을까, 혹시 어릴 때 느낀 대로 표현하고 떼쓰다 혼난 일이 있었던 걸까…. 그해 가을 내가 알게 된 것은, 내가 느끼기를 극도로 무서워한다는 것이었다.

또 한 가지, 산다는 것은 생각하기보다 느끼는 것임을 알게 되었다. 어머니가 요양원에 가기 전 처음으로 눈물을 보였을 때, 그래서 사랑받은 느낌이었을 게다.

집으로 돌아와서도 계속 느껴 보려고 애썼다. 감정을 잘 표현하는 가수들의 노래를 찾아 듣고 영화를 장르별로 보았다. 기억나는 영화는 〈데드풀〉. 사회에서 완전히 실패한 루저, 그들 말로 '굴곡이 특이한 두 사람'이 만나 서로 사랑하며 사회를 구하려고 고군분투하는 모습에 눈물이 났다. 두 번 보았는데, 두 번째 볼 때도 감당 안 될 정도로 눈물이 흘렀다.

조금씩 살아나고 있었다, 감정을 느끼면서, 환갑이 돼서야.

나의 감정을 이렇게 모르고 살았으니, 다른 사람의 감정을 어떻게 알 수 있었겠는가. 누군가 무슨 말을 하면 머리부터 돌아갔다. 말하는 사람의 느낌이나 감정을 이해하려 하기보다 생각했다. 말의 의미가 무엇인지, 내게 요구하는 것이 무엇인지, 해결책은 무엇인지 등등.

말에 매여 말 너머의 진짜 의미를 알지 못했다. 겉으로는 짜증 내지만 자기를 알아 달라는 건지, 말로는 잔소리하지만 내게 사랑받고 싶다는 건지. 나도 모르게, 혹은 알면서, 내 식대로 해석해 오해하고 밀어내기도 다반사였다.

언어로는 다 표현하지 못하는 부분이 분명 있고, 다른 누구도 나처럼 자기 진심이 무엇인지 모르고 말할 수도 있는데, 언어에 국한되어 판단하고 생각하니 관계가 겉돌 수밖에 없었다.

지지난해 추운 겨울날, 딸이 무엇인가를 열심히 말했다. 딸은 자기 마음을 다해 표현하고 있는데, 그럴수록 이상하게도 가슴이 냉정해졌다. 이해하고 공감하려고 하는데, 마음이 뜻대로 움직여 주지 않았다. 내가 생각해도 이상했다.

솔직히 딸에게 말했다.

"엄마가 네 말은 알겠는데, 아직 마음으로 잘 받아들여지지 않아. 심장이 얼어붙은 것 같아. 미안하구나."

딸은 그냥 고개를 끄덕였다.

딸과의 관계 속에서 조금씩 어머니를 이해하게 되었다.

'우리 엄마도 나처럼 이렇게 심장이 차가웠구나, 자기도 모르는 어떤 이유로. 엄마도 나처럼 산 것 같았지만 죽어 있었구나.'

어머니는 죽은 채 살다 진짜 죽었지만, 나는 죽은 채 살다 진짜 살아 보고 싶어졌다.

그리하여 언젠가 저세상에서 어머니를 만나면

꼭 끌어안고 말해 주고 싶다.

"엄마, 사랑해."

• • •

누가 보아도 멋진 두 아이의 내면에
내가 살고 있었다.
나의 내면에 시집살이 남편살이에 찌든
어머니가 살고 있듯이.

3장

타인을 용서하다

말처럼
쉽지 않다

용서할 수 있을 것 같다가도
다음날이 되면 또다시
미움, 원망이 올라왔다.
그러기를 얼마나 많이 했는지 모르겠다.

"어쩜 그럴 수가 있어. 자기들만 잘 먹고 잘살면 그만이야? 정말 웃겨!"

어둠침침한 반지하. 이제 세 살, 두 살인 아이들은 낮잠을 자고, 좁은 방 한쪽 간이 책상에서 아르바이트하며 오빠들을 욕했다.

남편 해직 시절, 전교조에서 주는 생활비 30만 원 중 5만 원을 어머니에게 드렸다. 그 돈 꼬박꼬박 받는 어머니도 싫었고 이기적인 오빠들도 미웠다.

'어떻게 그럴 수가 있냐고.'

원망하는 마음이 끝도 없이 올라오며 가슴이 터질 듯 답답했다. 눈살이 찌푸려지고 이가 갈렸다. 얼마나 그랬을까, 머릿속에서 신경이 팽팽하게 당겨지는 듯하더니 갑자기 어떤 줄 같은 것이 탁 끊어지는 느낌이 났다.

그러고 나서 거짓말처럼 평화가 찾아왔다. 불과 몇 초 전, 태풍을 만난 바다처럼 거칠게 일렁이던 마음이 일순 조용해졌다. 아무렇지도 않았다. 오빠들을 떠올려도 덤덤했다.

그때부터 끊다시피 했던 친정집 제사며 명절 잔치에 다시 들락거리기 시작했다. 오빠들이 원망스럽고 어색했던 마음이 사라지고 편했다. 같이 먹고 농담도 하고 큰소리로 웃기도 했다.

그때 머릿속에서 무엇인가 끊어지면서 오빠들을 용서한 줄 알았다. 그로부터 20여 년 지나 마음공부를 시작하고 나서야 알았다. 용서한 것이 아니라 그렇게 하지 않으면 미치기라도 할까 봐, 붙잡고 있던 끈을 놔 버린 것임을.

그러니까 용서한 것이 아니라 완전히, 깨끗하게 버린 것이랄까, 마치 남처럼. 남처럼 아무 기대도 없으니 배신감도 없고 만남도 일회성이라 인식하니 즐거울 수 있었던 것이다.

완전한 가식. 태풍의 눈과도 같은 평화.

중학교 1학년 때 큰오빠가 결혼하고 이듬해 큰조카를 낳았다. 아버지가 그래도 잘 나갈 때라 큰 집에서 오빠네랑 같이 살았다. 큰 올케가 아기 낳고 2주일 무렵, 올케 친정어머니가 돌아가셔서 내가 조카를 돌보았다. 분유 먹이고 기저귀 갈고 놀아 주고. 처음 보는 갓난아기가 신기하고 너무 귀여웠다.

큰오빠가 분가하고 집은 기울어 갔다. 둘째 오빠 독립하고 셋째 오빠 떠나고, 마지막으로 언니가 결혼해 지방으로 내려갔다. 덩그러니 남은 네 식구. 아흔 가까운 할머니와 병든 아버지, 어머니, 나. 아무도 경제력이 없었다.

마음공부 하고 나서야 그때 내가 얼마나 무섭고, 얼마나 울고 싶었는지 알았다. 그때 울고불고 난리 쳤어야 했다. 그랬다면 미움이 그렇게 쌓이지 않았을 게다. 참고 아무렇지도 않아하는 사이에 마음 깊이 미움이 뿌리를 내리고 번식하고 줄기를 키우며 거대한 나무로 자라났다.

아버지가 돌아가시고 10여 년 후 할머니 돌아가시고, 다시 10여 년 후 어머니가 돌아가실 때까지 오빠들에게 살기 힘들다고 한마디도 하지 않았다. 입을 꾹 다물고 겉으로 웃었다. 나도 혈기 젊은 나이인데, 왜 어머니에게 불평하지 않았겠는가.

"엄마, 이건 아니야. 오빠들이 저렇게 잘사는데, 왜 엄마를 안 보살펴?"

"…"

"안 되겠어. 내가 당장 전화할래."

어머니는 결연한 얼굴로 말했다.

"전화하면 당장 이 자리에서 죽을란다."

한다면 하는 성격인 어머니라 어쩔 수 없다 했지만, 사실 그건 핑계였다. 나도 자존심 굽히고 죽는소리하기 싫었다.

마음공부를 시작하고 오빠들을 용서하려고 결심했다. 미움은 결국 내 괴로움일 뿐, 미움받는 당사자에게는 아무런 괴로움도 미치지 못한다는 걸 알았다.

'그래, 오빠들이 아니라 나를 위해서 용서해야 해.'

그런데 마음속에서부터 엄청난 저항이 밀려 올라왔다. 용서하기 싫었다. 부모 버린 자식들이 지금까지 복 받고 잘 사는 것도 이상하고, 나는 남편과의 사이도, 자식과의 사이도 좋지 않은데 자기들은 며느리까지 얻어 희희낙락하는 것이 꼴 보기 싫었다. 도무지 이해되지도 않았다. 착한 일을 한 나는 힘들게 살고, 이기적인 오빠들은 왜 잘사는지 납득 되지 않았다.

명상을 하고 오빠들에 대한 미운 마음을 풀어내고 못했던 말을 토해 냈다. 그러고 나면 그날은 용서할 수 있을 것 같다가도, 다음날이 되면 또다시 미움, 원망이 올라왔다. 그러기를 얼마나 많이 했는지 모르겠다.

어느 날이었다. 저녁 먹고 잠시 쉬는데, 문득 나도 어쩌면 오빠들 입장에서는 가해자일 수도 있지 않을까? 하는 생각이 들었다. 나로서는 코페르니쿠스적 발상의 전환이었다.

남의 입장에서 나를 생각해 본 적이 도무지 없었으니까. 나는 늘 피해자였고 정당하고 옳았으니까. 그러므로 나는 사랑만 받아야 하는 존재였으니까.

오빠들은 온전히 자수성가했다. 큰오빠를 제외하고는, 대학교 학비는 물론이고 결혼할 때도 부모님으로부터 전혀 지원받지 못했다. 직장 다니면서 계를 들었다가 결혼 때 타서 쓰고 결혼 후 월급으로 갚아 나가는 식이었다. 어떻게 보면 올케들이 속아서 결혼한 것이나 다름없었다. 결혼 비용까지 월급에서 제해야 하니 생활이 얼마나 빠듯했겠는가. 게다가 가난한 시댁이 있으니 큰 도움은 못 준다 해도 마음이 불편했을 것이다.

오빠들로서는 막내가 죽는소리라도 해야 아내 눈치 보며 조금씩이라도 손을 내밀 텐데, 내가 자존심 내세우며 괜찮은 척하니 중간에 끼여 죽을 맛이었을지도 모른다. 죄책감에 눈치까지 보여 더 피하지 않았을까. 어찌 보면 내가 오빠들과 부모님 사이를 막아선 장애물 아니었을까?

오빠들의 마음, 올케들의 마음을 어느 정도 짐작하고 나니 용서할 수 있겠다는 희망이 생겼다. 아니, 용서를 받아야 할지도 모른다.

언니 오빠도 분명 나로 인한 괴로움이 있었을 게다.
인정하기 싫었지만 인정하지 않을 수 없었다.

왜 내가
용서해야 하는가

'나'를 알아 갈수록
미묘하게 비꼬인,
정체성이 혼란한 낯선 존재가
내 안에 살고 있었다.

어릴 때 동화책을 좋아했다.《백설공주》,《신데렐라》,《잠자는 숲 속의 공주》,《신밧드의 모험》,《알라딘과 요술 램프》,《콩쥐 팥쥐》,《모모타로 이야기》등등 세계 여러 나라의 동화책을 읽었다.

동화책에서 착한 주인공은 고난을 겪다 결국 행복해지고, 나쁜 사람은 잘살다 망한다.《백설공주》에서 못된 새 왕비는 불에 달군 구두를 신고 죽을 때까지 춤을 추어야 했다.《헨젤과 그레텔》에서 마녀는 화덕에 던져졌으며,《신데렐라》에서 언니들은 유리 구두에 발을 맞추기 위해 발뒤꿈치와 엄지발가락을 잘랐다.

용서란 찾아볼 수 없는 권선징악의 세계. 어른의 설명 없이 혼자 그 세계로 빠져든 아이에게 형성된 세계관은 무엇일까? 세상은 선 아니면 악, 딱 둘로만 나누어진다는 것. 선은 옳고 악은 나쁘고, 선은 복을 받고 악은 끔찍한 벌을 받는다는 것.

현실에서 할머니와 아버지, 오빠들과 언니는 '악'이었다. 어머니를 고생시키는 사람들이었으니까. 나는 착한 어머니 편이었으므로 '선'이었다. 그렇다고 대놓고 악의 편을 적대시할 수 없었다. 힘을 가진 사람들이었으니까.

나 자신이 지극히 정상적인 사람이라고 믿고 살았다. 하지만 '나'를 알아 갈수록 미묘하게 비꼬인, 정체성이 혼란한 낯선 존재가 내 안에 살고 있었다. 추측건대 '가정'이라는 강자와 약자, 악인과 선인이 대립하는 세상에서 살아남기 위해 아슬아슬하게 줄타기하며 형성된 인격체랄까.

할머니와 한방 쓰면서 같이 화투를 치고 민요도 부르고 무릎 베고 어리광도 떨지만, 부엌에 가면 철저히 어머니 편이 되어 할머니 흉을 보았다. 아버지 담배 심부름을 하면 집에 오는 동안 한쪽 덮개를 살살 뜯어 한 개비를 쏙 빼 드렸다. 아버지는 그 담배를 집어 들며 센스 있다고 칭찬했다. 그때도 내게 아버지는 어머니를 고생시키는 나쁜 사람이었다.

철저히 방치된 채 어머니의 손길이나 눈길, 혹은 어머니의 관심을 끌려는 집착으로 어머니와 한편이 되어 나머지 가족들을 가해자로 만든 구조. 그것이 나를 둘러싼 세상을 인식하는 나의 세계관이었다.

세상은 직접 소통하는 관계 속의 존재가 아니라 매우 편협한 성에 갇혀 작은 창 하나로 내다보는 존재였다. 아주 가끔, 손가락 하나쯤 성 밖으로 내밀어 보기도 하지만, 누군가 조금이라도 내가 원하는 이상의 접촉을 해 오면 곧바로 손가락을 집어넣었다.

성안에 있는 것이 안전했다. 언제까지나 선한 편에 속할 수 있었으니까. 성안에서 바깥세상을 바라보았다. 나는 착하고 바깥세상 사람들은 악하다, 이렇게 구체적으로 생각하지 않았다. 단지 바라보았다. 나는 착하니까 복을 받고 바깥사람들은 악하니까 화를 당하겠지, 이렇게 구체적으로 생각하지 않았다. 단지 바라보았다.

어머니를 고생시키는 아버지는 결국 방에 갇혀 술로 세월을 보냈다. 시집살이시키는 할머니는 조선 천지에 둘도 없는 아들을 먼저 저세상으로 보냈다. 오빠들도 크고 작은 어려움을 겪고, 언니도 형부 여의고 혼자 살림을 꾸려 갔다.

그들은 가해자였다. 아무리 힘들어해도 일말의 연민도 일어나지 않았다. 간혹 좋은 일이 생기면 왠지 마음이 편치 않았다. 한편 먹은 어머니조차 내게는 가해자였다. 무능하고 할 말도 못하는 짐덩이였다. 인정도 안 해 주는 냉정한 사람이었다.

몹시 화가 난 아이가 내 안에 있었다. 몹시 수치 당한 아이가 내 안에 있었다. 나만 착하니까 잘살아야 하고, 다른 사람들은 악하니까 고통받아야 한다고 믿는 아이가 있었다.

이상한 일은 세월이 흐를수록 바깥사람들의 형편은 나아지고, 그들을 지켜보는 성안의 나는 여전히 괴롭다는 점이었다. 물질적인 형편은 좋아졌지만 외롭고 무섭고 불안한 것은 변함 없었다.

마음공부의 목적은 지나간 기억에서 상처를 주고받은 사람들을 '용서'하고 '용서'받아 서로 이해하고 소통하고 사랑하기 위함이라고 했다. 기왕에 마음공부를 시작한 거 나도 용서하기로 마음먹었다.

'근데, 왜 내가 먼저 용서해야 하지?'

맨 먼저 든 생각이었다.

'나는 피해자이고 저들은 가해자인데, 가해자가 먼저 용서를 구해야 하는 것 아닌가?'

억울했다. 그러고 보니 살면서 늘 억울했다. 막내로 태어난 것부터 억울했다. 아들 셋에 딸 하나, 부모님 입장에서는 아들 딸 다 있으니 안 낳아도 그만이었을 자식, 그것도 딸이었다. 왜 그런지 눈치 보여 아기 때부터 울지도 못했다.

어떻게 아냐고? 어릴 때 내 별명이 '부처님 가운데 토막'이라고 했다. 배가 고프나 기저귀가 축축하나 보채지 않고 늘 생글생글 웃었다던가.

언젠가 역할극을 한 적이 있었다. 아이 역을 맡은 사람이 어릴 때 갖고 싶거나 하고 싶었던 말을 하면, 상대가 엄마가 되어 받아 주는 식이었다. 내 차례가 되었는데, 말이 나오지 않았다. 머리로는 "엄마, 과자 사 줘." 하고 싶은데 입이 안 떨어졌다. 상대역을 맡은 분이 물었다.

"왜 안 하세요?"

"저도 모르겠어요."

간신히 말하면서 눈물을 흘렸다. 돌이켜보니 어머니에게 과자 사 달라고 떼써 본 일이 없었다. 어머니는 너무 고생하는 사람이라 나는 가만히 있어야 했다. 마음을 추스르고 떨리는 목소리로 말했다.

"엄마…나…과자…사…줘."

흐느끼는 나를 상대역을 맡은 분이 꼭 안아 주었다.

"우리 아가 과자 먹고 싶구나. 엄마가 사 줄게. 미안해."

엄마 품에 안겨 울면서 깊은숨을 쉬었다. 비로소 내가 숨도 제대로 못 쉬고 살았음을 알았다.

방치된 아이. 혼자 너무 빨리 커 버린 아이. 착한 아이 그러나 슬픈 아이. 그랬다, 화가 잔뜩 난 아이는 슬펐다. 슬펐는데, 거의 울지 않고 살았다. 어떤 일을 당하든 독하게 견디었다. 그

독한 마음을 가족과 세상에 내쏘았다. 그러면서 혼자 억울했다. 자기가 어떤 독한 마음을 세상을 향해 쏘고 있는지도 모른 채.

언젠가 꿈을 꾸었다. 새카맣게 말라 뼈만 앙상한 아이가 옆구리에 달라붙어 나를 올려다보았다. 말을 하지도, 울지도 않고 그냥 쳐다보았다. 아침에 일어나서도 그 아이 모습이 눈에 생생했다.

'너구나. 네가 내 안에서 봐 달라고, 이렇게 비참하고 수치스럽고 외롭고 슬프다고 몸부림치고 있구나.'

가족이 나를 방치했듯 내가 내 안의 나를 방치하고 있었다. 늘 죽고 싶었던 아이, 아무 쓸모 없어 사라지고 싶었던 아이, 자기도 남도 다 없애 버리고 싶었던 아이, 억울한 아이, 화난 아이. 내가 그 아이를 마음으로 품지 못하면 그 아이는 끊임없이 나를 부추길 것이다.

"왜 내가 먼저 용서해야 해? 니들이 나를 버렸잖아. 나도 다 버릴 거야. 절대 용서 안 할 거야."

그 아이를 품에 안고 가만히 쓰다듬었다.

'그래, 너구나. 네가 그렇게 죽고 싶었구나. 근데 죽지 않고 살아 주었구나. 고마워, 죽지 않고 살아 줘서. 아무도 너를 보아 주지 않는데, 혼자 그렇게 버텨 주었구나. 고마워. 그리고 미안해. 가족이 나를 버렸다고 원망만 했지, 내가 너를 버린 걸 몰랐구나. 정말 미안해. 얼마나 외로웠어. 얼마나 무서웠어. 이제 괜찮아. 내가 너를 보았잖아. 내가 너를 만났잖아. 이제 꼭 너만 볼게. 너만 볼게. 사랑해.'

날마다 그 아이를 떠올리며 나직이 속삭여 준다.

미안하다고, 고맙다고, 사랑한다고.

콕 꼬집어
용서하기

할머니가 내 얼굴을 보고 말했다.
"니가 애쓰는 거 다 안다.
내가 죽으면 귀신이 돼서
너 도와주마."

어머니는 열아홉 살에 시집 왔다고 했다. 1924년, 전라도 광주 대지주의 큰딸로 태어나 공부만 하다 할머니의 며느리가 되었다. 친정에서 귀한 대접만 받던 어머니는 결혼 전에 쌀 한 번 씻어 본 적이 없다고 했다.

시집온 첫날, 어머니는 새색시답게 아침 일찍 일어나 부엌으로 갔다. 전부터 일하던 식모가 아침 준비를 하고 있었다. 옆에서 거들려 해도 일을 못하니 오히려 거치적거리기만 하는가 싶어, 우물에서 찬물 길어서 걸레를 빨았다. 놋대야에 맑은 물 담아 대청마루에 놓고 걸레질을 시작했다.

얼마나 지났을까, 잠에서 깬 할머니가 참빗으로 머리 쓱쓱 빗고 마루로 나오다 그 광경을 보고 냅다 소리 질렀다.

"아니, 이년이 지금 뭐하는 거야? 시집 왔으면 시부모 아침 진짓상 차려 올려야지, 식전 댓바람부터 더럽게 걸레질이야?"

할머니는 대야를 집어 들어 마당에 패대기쳤다.

어머니의 50년 시집살이는 그렇게 시작되었다. 그 길로 부엌에 들어간 어머니는 밥을 지었다. 연필 잡던 하얀 손이 쩍쩍 갈라지는 마디진 손이 될 때까지 밥을 지었다. 쌀도 제대로 못 씻던 어머니가 일 잘하기로 소문난 할머니의 하나뿐인 며느리가 되었다.

할머니는 입맛이 귀신같았다. 한 숟가락 입에 넣으면 어머니가 밥솥 뚜껑을 몇 번 열었는지 금방 안다고 했다. 일이 서툰 어머니는 밥이 될까 봐, 질까 봐, 설익을까 봐, 탈까 봐 자꾸 뚜껑을 열었다.

할머니에게는 오랜 경험에서 나온 음식 만들기 철칙이 있었다. 무슨 나물에는 소금 넣어야 맛있고, 무슨 나물은 간장을 넣어야 하고, 어떤 재료는 푹 무르도록 삶아야 하고, 어떤 것은 살짝 데쳐야 하고…. 청국장은 몇 월에 담고, 메주는 언제 쑤고, 간장 고추장은 언제 어떻게 하고…. 김장은 또 어떻고, 몇 월에는 호박고지 말리고, 몇 월에는 무말랭이하고, 가지 고구마 썰어 말리려면 어떻게 해야 하고….

어머니는 열심히 배웠다. 하루하루, 시시때때로, 철철이 시어머니가 하라는 대로 열심히 했다. 새벽부터 일어나 시부모님, 남편 아침 진짓상 차려 올리고, 아이들 밥상 차려 먹이고, 자기는 남은 밥, 남은 반찬 쓱쓱 모아 입에 구겨 넣고 설거지하러 다시 부엌으로 갔다.

설거지하고 나면 태산 같은 빨래를 비벼 햇볕에 널고, 어제 풀 먹여 말려 둔 이불 홑청을 다듬이질해 이불솜 넣고 바느질했다. 오후 무렵에는 잰걸음으로 장에 가서 이것저것 반찬거리

사 들고 돌아와 다시 저녁 준비를 했다.

식구들이 저녁 먹고 놀다 잠자리에 들면 뒤치다꺼리 끝낸 어머니는 시아버지, 시어머니 입을 한복을 밤새 손수 지었다. 내가 태어나기 전에도, 내가 태어난 후에도 어머니는 그렇게 살았다. 내가 열 살 무렵 할아버지가 돌아가셨고, 더 이상 한복을 손수 지어 입지 않는 시대가 되었다는 것 말고는 똑같았다.

우리 집에는 늘 사람들이 많았다. 우리 가족 이외에도 이모며 삼촌이 번갈아 같이 살았고, 용인 임씨 촌에서 취직 부탁하러 온 아저씨, 할아버지뻘 되는 분들이 자주 들락거렸다. 고모들은 수시로 왔고, 사촌 여동생이 와서 1년여 살기도 했다.

식구가 많다 보니 어떤 날은 하루에 밥상을 열 번도 더 차려야 했다. 그래도 언제나 새 밥상인 듯 정갈하게 차려 냈다. 어느 반찬 하나 먹던 티 없이 새 그릇에 깔끔하게 담아서 냈다.

누가 보아도 훌륭한 며느리였지만 할머니 성에는 차지 않았다. 늘 음식 간이 맞지 않는다고 잔소리했다.

"짜다, 싱겁다, 너무 익었다, 어째 이리 맛이 없냐. 밥은 또 왜 이 모양이냐. 쯧쯧."

그 소리를 어머니는 다 듣고 있었다. 옆에서 듣는 내가 무안해 죽겠는데 그냥 다 듣고 있었다.

어쩌다 할머니가 딸네 집에 가 며칠 안 오면 집안이 다 조용했다. 그런 날이면 어머니 앞에서 언니와 내가 할머니를 성토했다.

"엄마, 가만히 있지 말고 뭐라고 좀 해."

"엄마가 아무 말도 안 하니까 할머니가 더 그러는 거야."

언니와 내가 성화를 하면 어머니는 고개를 저었다.

"천생여질 난자기天生麗質 難自棄라 했다. 타고난 성질은 못 고친다는 뜻이야. 천성이 그런 걸 어쩌겠냐."

답답했다. 어릴 때는 속으로 할머니를 미워하다가, 나이 들면서는 어머니 대신 할머니에게 대놓고 신경질을 부렸다. 할머니와 한방을 쓰다 보면 불편한 점이 한둘이 아니었다.

무엇보다 할머니는 일찍 자고 새벽에 일어나는 반면, 나는 밤늦게 자고 늦게 일어났다. 7시 무렵 한창 단잠에 빠져 있을 때, 할머니는 벌써 일어나 날마다 서랍 정리를 했다. 내가 깰까 봐 조심조심 서랍을 열어서, 안에 든 비닐봉지를 꺼내어 바스락바스락. 조심한다면서 내는 소리가 더 신경에 거슬렸다.

"할머니!"

"알았다!"

5분도 지나지 않아 다시 부스럭부스럭.

"진짜 그만 좀 해요!"

밥 먹다가도 할머니가 맛 어쩌고 할 기미라도 보이면 짝 째려보며 선수를 쳤다.

"엄마, 이거 맛있네. 어떻게 했어?"

할머니가 조금이라도 마음에 안 드는 행동을 하면 바로 쏘아붙였다.

"그만 좀 하세요, 할머니."

그러면서 속으로 덧붙였다.

'무슨 노인네가 나이 들어도 꺾일 줄 몰라.'

1985년, 할머니 나이 96세 되던 해, 금쪽같은 아들이 세상을 떠났다. 할머니에게는 말하지 않았지만, 그냥 아셨다. 막내인 내가 식사 준비해 드리러 잠시 집에 들렀더니 할머니가 말씀하셨다.

"갔냐?"

아무 말도 하지 못했다. 할머니는 슈퍼에 가서 소주를 사 와 혼자 마셨다. 더 이상 묻지도, 울지도 않았다.

그 후로 10년을 더 사셨고 나는 할머니 볼 때마다 마음이 편치 않았다. 어느 날, 친정에 갔다가 자리에서 일어나는데 할머니가 내 얼굴을 보고 말했다.

"니가 애쓰는 거 다 안다. 내가 죽으면 귀신이 돼서 너 도와 주마."

"할머니, 그런 소리 말고 엄마 힘들게나 하지 마."

어릴 적엔, 할머니가 내 친구였다. 같이 부침개 만들어 먹고, 상추 잘게 썰어 닭 모이 주고, 돌 주워다가 화단 가장자리 꾸미고. 부지런한 할머니를 따라 다니면 안 심심하고 좋았다. 추운 겨울날 학교 갔다 돌아오면 두 손을 꼭 잡아, 아랫목 따뜻한 할머니 허벅지 밑에 밀어 넣으며 토닥거렸다.

"아이고 내 새끼, 손이 다 얼었네. 할미가 녹여 주마."

벼락치기 공부한다고 밤이라도 새우는 날에는 할머니도 같이 밤을 새웠다.

"내 새끼가 잠을 안 자는데 할미가 어찌 자누."

엄마 품이 너무 그리울 때는 할머니 팔을 베고 누워 할머니 배 문지르며 어리광을 피웠다.

"할머니 배는 빵 반죽 배야. 부클부클 뭉글뭉글."

내 성격에 어린아이 좋아하고 동물 좋아하고 겉으로라도 밝고 명랑한 구석이 있는 것은 할머니 덕인지도 몰랐다.

그래도 할머니가 미웠다. 나에게 할머니는 '지독히 엄마 고생시키는 사람. 절대 용서할 수 없는 사람'이었다.

할머니 돌아가시고, 장례식 하고 돌아와 잠시 눈을 붙였다.

똑똑.

"누구세요?"

"나야."

얼결에 문을 열기 무섭게 누군가 안으로 들어왔다. 할머니였다. 소스라치게 놀라 소리쳤다.

"할머니!"

그 순간 어떤 기운이 몸 안으로 깊숙이 들어오는 느낌이 들었다. 어찌나 강렬한지 두 눈이 번쩍 떠졌다. 꿈이었다.

'이게 뭐지? 할머니가 내 몸속으로 들어왔나?'

이상한 기운이 느껴지지는 않았다. 좀 찜찜할 뿐이었다.

그리고 얼마 후 남편 후배로부터 연락이 와 정치인 책을 쓰기 시작했다. 그동안에는 편집 일을 주로 했고 책은 쓰지 않았는데, 글이 술술 써졌다. 할머니 음덕인가 싶기도 했다.

이제 할머니도, 어머니도 모두 돌아가셨다. 할머니와 어머니, 아버지라는 한 남자를 사이에 두고 애증을 거듭했던 두 여자. 겉으로는 할머니의 일방적인 승리였지만 과연 그렇기만 했을까? 두 분은 서로 미워하기만 했을까?

아버지 돌아가시고 10여 년, 두 분이 사는 동안 어머니는 변함없이 할머니를 모셨다. 동지에 팥죽 쑤고 추석에 송편 빚고, 명절마다 절기마다 손수 음식을 해 드렸다. 왜 힘들게 그러냐고 물으면 어머니는 웃었다.

"내년에도 드실 수 있을지 없을지 모르잖냐. 돌아가신 다음에 마음에 걸릴까 봐 그러지."

친정어머니와 19년, 시어머니와 50년 같이 산 어머니는 이미 할머니를 용서했을지도 모르는데, 나만 아직껏 미워하고 있었다. 영화 〈돌로레스 클레이븐〉에 나오는 주인공의 엄마와 주인집 귀부인처럼 애증이 신뢰와 사랑으로 변해 험한 세상 두 분이 의지하고 사셨을지도 모르는데.

할머니를 이제 그만 용서하고
놓아 드려야겠나 보다.

용서를 통해
내려놓다

부끄러웠다.
미움 하나 붙잡고 산 세월이
바싹 마른 나뭇잎 앞에서
수치스러웠다.

서울에서 태어나 서울에서만 살아온 내게, 고향이란 낯선 단어다. 똑같이 서울에서 태어났지만 네 살 때 전주로 피난 가 스무 살에 서울로 온 남편은 전주가 고향이라고 한다. 서울에서 산 세월이 훨씬 길어도 지금도 전주에 가면 마음이 편하고 늘 그립단다.

남편 곁을 떠나 지리산에서 머문 3년 7개월은 내가 처음으로 자연을 접한 시간이었고 고향을 느낀 시간이었다. 서울 떠나면 못 살 것 같은데 요즘은 택배와 인터넷, 핸드폰 덕에 생각만큼 불편하지 않았다. 3년 7개월, 날수로 따지면 1,300일이 조금 넘는 시간. 날마다 반복되는 생활이지만 지루하다는 생각은 들지 않았다.

자연은 하루도 똑같은 날이 없었다. 같은 산, 같은 나무, 같은 길인데도 날마다, 매시간, 매 순간 달랐다. 처음에는 잘 몰랐지만, 시간이 흐를수록 미묘하게 달라지는 자연의 변화도 알게 되었다. 산 너머 해 지는 모습도, 빛깔이나 구름의 모양새나 어찌 그리 다른지.

아침에 운동하는 포장도로 말고 산속으로 구불구불 이어지는 산책로가 있었다. 흙과 잡초, 낙엽으로 뒤덮인 길. 한쪽은 작

은 도랑 너머로 야트막한 절개면이 이어지고, 다른 쪽은 늘어
선 나무들 사이로 탁 트인 하늘과 먼 산, 드문드문 마을이 보이
는 길이었다.

땅의 느낌을 느껴 보고 싶은 날에는 이 길을 운동 코스 삼아
다녀왔다. 사람들이 많이 다녀 다져진 길 중앙에 잡초가 자라
고, 양쪽 가장자리로 수북이 낙엽이 쌓여 있었다. 언제부터 쌓
였을까. 어쩌면 지리산이 처음 생겼을 태곳적부터 쌓여 일부는
썩어 거름이 되고 새잎이 되고 그 잎이 다시 낙엽이 되고, 내
나이 따위는 비교도 안 될 만큼 오랜 세월 동안 쌓였을 낙엽을
밟으며 걸으면 푸근했다. 발의 촉감도, 내 마음도.

언젠가 낙엽 더미에서 벗어나 길 위를 구르고 있는 잎 하나
를 주워 들었다. 바싹 말라 볼품없는, 생명을 다한 잎사귀.

"네가 꼭 나 같구나. 불쌍하다."

습관대로 넋두리하는데, 잎사귀가 휙 날아갔다. 마치 이렇게
말하는 듯이.

"바보! 뭐가 불쌍해? 나무에 달려 있을 때나 지금이나 난 똑
같다구. 얼마나 좋은데!"

콧노래라도 부르는 것처럼 잎사귀는 바람을 따라 날아가 버
렸다.

정신이 번쩍 들었다. 겉모습은 초라하기 짝이 없는데 생명력은 똑같다니. 햇빛을 받아 나무에서 반짝거릴 때나, 낙엽이 되어 길 위를 구를 때나 생명의 기쁨을 즐기고 있다니. 단지 착각일지 모르지만 부끄러웠다.

미움 하나 붙잡고 산 세월이 바싹 마른 나뭇잎 앞에서 수치스러웠다.

생명의 기쁨을 노래해 본 적이 있던가. 온 우주와 이 세상을 지탱하고 있는 수많은 사람들에게 감사한 적이 있던가. 아니, 나를 낳아 준 부모님과 동고동락한 형제와 지금의 내 가족에 대한 감사라도 느껴 본 적이 있던가.

조그마한 일 하나에도 발끈거리며 올라오는 비뚤어진 마음, 그러면서도 아무렇지도 않은 듯한 표정.

언젠가 딸이 내게 "엄마는 자판기 같아."라고 말한 적이 있다. 마치 자판기처럼 무슨 말을 하면 반응이 언제나 똑같다는 것이다. '난 아무것도 몰라.' 하는 얼굴로 똑같은 말을 한다고 했다. 나는 전혀 모르고 있었다.

산책로에서 돌아오는 길에 남편을 떠올렸다. 심장이 미세하게 떨렸다. 이 느낌. 이 느낌을 확실히 알아차린 지도 얼마 안 되었다. 시어머니가 돌아가시고 장례식에 참석하러 전주에 갔다. 다른 가족들과 함께 있을 때는 몰랐는데 남편 차를 타고 이동하는 동안 이 느낌, 심장의 미세한 떨림이 느껴졌다. 그러면서 머리가 돌아갔다. 나이 많고 운전 미숙한 남편이 혹시 길을 잘못 들까 봐, 속도를 위반할까 봐, 옆에 앉아 잔소리했고 남편 화를 돋웠다. 집 떠나오기 전에는.

애써 생각을 떨치고 심호흡을 하고 마음을 가라앉혔다. 남편은 자연스럽게 운전해 목적지에 도착했다. 심장의 떨림을 마음으로 주시하면서 남편을 대하자 남편 역시 편안하게 나를 대했다.

'혹시 이 느낌 때문이었을까?'

남편과 함께 있으면 조마조마했다. 내가 이러면 남편이 이러겠지 저러겠지 괜히 혼자 지레짐작하고, 별일 아닌데 변명하고, 과장하거나 축소해 말했다.

남편은 소리와 감정에 예민한 사람이었다. 대학 졸업 후 평생 음악을 작곡하고 가르친 음악가였다. 내 마음의 움직임, 그 불편하고 미세한 떨림을 인지 못 했을 리 없었다.

마누라가 앞에서 자꾸 벌벌 떨면 없던 의심도 일어날 수 있었겠구나, 하는 생각이 비로소 들었다. 속 시원히 털어놓지 못

하고 자꾸 감추는 느낌, 같이 사는 사람 입장에서 얼마나 불편했겠는가.

왜 그랬는지 나도 모를 일이었다. 친구를 통해 알던 시인 선생님께 소개받았고 깊이 사랑하지는 않았지만 믿음직스러워 좋았다. 장남으로서 가정을 책임지고 막내 여동생까지 줄줄이 딸린 동생들 대학 공부까지 다 마치게 하고, 뒤늦게 결혼하려 한다는 말이 특히 마음을 사로잡았다. 책임감 있는 남자. 빙긋 웃는 호인 웃음도 좋았다.

이상하게 결혼 생활이 길어질수록 불안감은 오히려 커져만 갔다. 남편 옆에 있을 때 느껴지는 미세한 심장의 떨림을 감지하고 나서야, 불안감의 원인이 나에게 있음을 알게 되었다. 원인이 어디에 있는지 모르고 불안감을 감추려다 보니, 남편에게 할 말도 못 하고 참으면서 남편을 자꾸 나쁜 사람을 만들었다. 참을수록 불안감은 커졌고 남편은 더욱더 나쁜 사람이 되었다.
악순환의 고리를 끊어야 했다. 고리를 끊을 사람은 누구도 아닌 나. 이건 이거고 저건 저거고 당장 싸우는 한이 있어도 속시원히 말해 응어리를 풀고 믿음을 회복해 나가야 했다.

마음공부 하면서 난생처음 단식이란 것을 해 보았다. 하루 나 이틀 굶는 정도였는데도 손가락 하나 들 힘이 없었다. 물 많이 마시고 죽염 먹고 자주 걷는 것이 좋다고 해서 떨리는 다리로 산책을 나갔다.

돌아오는 길, 남편이 사다 주던 순댓국 냄새가 코로 들어왔다. 침이 넘어갔다. 남편은 친구와 술 한잔 하다가 맛있다 싶으면 무조건 포장해 왔다. 순댓국 말고도 갈비탕, 감자탕, 닭볶음, 오리고기…, 빵에 떡에, 안 사오는 음식이 없다시피 했다.

"뭘 이런 걸 사 왔어? 혹시 먹다 남은 거 아니야?"

눈 한번 흘겨 주고 아이들과 맛있게 먹었다.

본 드라마 또 보고, 같은 말 또 하고, 재미없고 목소리만 큰 남자. 남편과 떨어져 있으면서 나도 모르는 사이에 남편을 용서하고 있었다. 아니, 용서받을 준비를 하고 있었다.

가난한 부모 밑에서 자라 가정을 두 어깨에 짊어지고 살아온 우리 두 사람, 자기에게는 지독히도 인색하게 살아온 똑같은 두 사람.

남편과 내가 이제 서로를 내려놓고 서로를 존중하고 믿으며 같이 또 따로 남은 인생길을 걸어가려 하고 있었다.

고마워요,
엄마

물고 빠는 사랑도 사랑이지만
언제나 그 자리를 변함없이 지켜 주는 것도 사랑임을,
그것이 엄마식 사랑임을
그제야 알았다.

딸을 낳을 때 일이었다. 다음 날 아침 9시 제왕절개 수술을 받기로 하고 전날 저녁에 입원했다. 배정받은 병실은 조산 위험이 있는 산모들이 한두 달 전부터 입원해 있는 방이었다.

저녁을 먹고 이른 잠자리에 들었다. 막 잠이 들었을 때였다.

"악! 으악!"

맞은편 침대 산모가 갑자기 소리를 질렀다. 발작이 일어난 모양이었다. 소리를 지르며 침대에서 몸부림치고 간호사가 달려오고 한바탕 소란이 벌어졌다.

그 광경을 지켜보는데, 갑자기 무섭고 오한이 나면서 몸이 부들부들 떨렸다. 11월, 영하의 날씨도 아니고 난방도 하고 있었지만, 너무 추워 견디기 어려웠다. 간호사에게 말하니 스탠드 식으로 된 난방 기구를 가져다주었다. 두어 시간 지나자 차츰 진정되었다.

그 이튿날, 약속된 시간에 수술이 진행되지 않았다. 한 시간, 두 시간…. 수술 전이라 아침도 못 먹어 배고프고 춥고 긴장된 기다림. 응급환자가 밀려 수술실을 못 잡아 그렇다고 했다.

결국, 오후 2시 45분에야 딸이 태어났다. 4.14킬로로 태어난 큰아들은 의사 선생님이 "중학생 나오신다."고 우스갯소리를 했을 만큼 듬직했다. 딸은 3.3킬로. 지극히 정상이었는데, 내 눈에는 너무 작고 가냘파 보였다. 빨간 얼굴, 가느다란 팔다리. 딸이 태어나 기쁘기보다 마음이 복잡했다.

그때 내 심정이 정확히 어떤 것이었는지 한참 후에야 알았다. 딸이라서였다. 여자로 살아간다는 것은 두렵고 서럽고 억울하고 힘들고 화나는 일이었다. 내가 여자라서 참 좋다, 그렇게 생각한 적이 없었다. 딸도 나처럼, 내 어머니처럼, 내 어머니의 어머니처럼, 여자의 길을 가야 하리라는 막연한 생각에 그토록 마음이 복잡했던 것이다.

어머니가 어떻게 살았고 어떻게 늙었고 어떤 과정을 거쳐 삶을 마감했는지 누구보다 내가 잘 알았다. 어머니의 삶은 한마디로 비참함, 그것이었다.

어머니가 언젠가 이런 말을 했다.

"이 집에서는 나를 '똥짐 막대기' 취급한다."

똥을 실어 나르는 지게 받침이라는 뜻이다.

어머니는 두 딸에게 집안일을 시키지 않았다. 어머니에게 "엄마, 왜 우리한테 아무 일도 안 시켜?" 물으면 보일락말락 미소 지으며 대답했다.

"그거야 시집가면 실컷 할 테니까 엄마 밑에 있는 동안이라도 편하게 살라고 그러지."

어머니처럼 살지 않으려고 몸부림쳤다. 화장도 안 하고 옷은 아무렇게나 입고 머리는 늘 짧은 커트였다. 나는 여자 아니라고, 그러니까 절대로 어머니처럼 살지 않겠다고 동네방네 광고하고 다녔다. 나 스스로도 여자라고 느껴 본 적이 없었다.

결혼 후 나는, 여자가 아닌데, 여자가 되어야 했다. 남편과 나, 남자와 여자, 딱 1대1의 관계가 되자 마치 본능처럼 남편 눈치 보고 비위 맞추는 여자가 되었다. 겉모습은 현대의 여자인데, 내면과 하는 짓은 딱 조선의 여자였다.

마음공부를 하고 내가 '여자'임을 받아들이려고 노력했다. 엄청난 두려움이 몰려들었지만, 나는 틀림없는 여자였다. 만약 난자와 정자가 만나는 순간에 남녀를 선택할 수 있다면, 여자를 선택한 이유는 무엇일까 상상해 보았다. 의심할 여지 없이 '엄마'가 되고 싶어서일 것이다. 아들도 낳고 딸도 낳고 싶어 여자를 선택했을 것이다.

내가 여자임을 받아들이고, 엄마가 되고 싶었다는 것을 받아들이자 비로소 아이들 키울 때 행복했던 광경들이 떠올랐다.

방배동, 11평 반지하 살 때 남편은 저녁을 먹고 나면 자리에서 벌떡 일어나 큰소리로 말했다.

"산책하러 나가자!"

"와!"

남편과 아이들과 나, 넷이 나란히 손잡고 집에서 나와 효령로 약간 비탈진 오르막을 걸으면 맞바람이 불어왔다. 아들이 성큼성큼 씩씩하게 나아가면 딸은 뒤질세라 단발머리 바람에 날리며 볼이 붉어지도록 기쁜 낯으로 잰걸음을 옮겼다. 오르막길 끝, 작은 슈퍼 앞 파라솔 의자에 둘러앉아 아이스크림을 먹으며 아이들은 만화 얘기를 하고 남편과 나는 웃었다.

사람의 기억이란 참 이상하다. 그 시절, 그 순간 분명 나는 행복했다. 그런데 나는 늘 불행하다고 믿고 살았다. 마치 내 인생에서, 내 결혼 생활에서 행복했던 순간이 한 번도 없었다는 듯이.

돌이켜보면 어머니에게도 분명 행복한 시절이 있었다. 어머니는 요리를 잘했다. 초등학교 소풍 날 어머니가 선생님께 도시락을 싸 주면, 보자기를 펴고 뚜껑을 여는 순간 선생님 입에서 "와!" 감탄사가 나왔다.

어머니가 특히 자부심을 가진 음식 중 하나가 '육회'였다. 우선 횟감 고르는 기준부터 까다로웠다. 아주 살짝 얼린 대톳살이어야 한다는 것이 어머니의 철칙이었다. 제일 좋은 고기를 사다가 먹기 좋게 채 썰고, 참기름에 간장, 설탕, 후추, 통깨로 양념했다. 여기에 배까지 곁들여서 아버지께 드리면, 소주 한 모금 목에 넘기고 육회 한 젓갈 입에 넣고 아버지는 말했다. 언제나 똑같은 말이었다.

"역시 육회는 네 엄마가 최고다."

그 순간 어머니 얼굴에 퍼지는 만족스러운 미소. 분명 어머니는 행복했다.

나는 왜 여자로서 어머니가 느낀 행복을 보지 못했을까? 왜 어머니의 인생을 실패한 인생이라고 단정했을까? 돈이 없어서? 그랬다. 어머니는 돈이 없었다. 돈이 없어 단칸방에서 가난하게 살다 죽었다. 그래서 어머니는 불행하다고 믿었다.

이런 단순한 등식이 얼마나 이상하고 어처구니없는 것인지 몰랐다. 나는 돈이 없어 불행했지만, 돈이 생겨도 행복하지 않았다. 그런데도 어머니는 돈이 없어 불행했다고 변함없이 믿고 살았다.

아버지가 돈 못 벌고 병들었다고 어머니가 구박하는 모습을 보지 못했다. 돈 잘 벌 때나 못 벌 때나 아버지는 어머니의 '하늘 같은' 남편이었다. 하루 세 끼 지극정성으로 차려 드리고, 환자라고 아무리 신경질을 부려도 받아 주고 위로해 주었다.

그때 어머니는 비참했을까? 나는 정말 어머니의 삶을 잘 알고 있었을까? 혹시 어머니 스스로 우리 집안의 '똥짐 막대기'가 되기로 자처한 것은 아닐까? 스스로 제일 낮은 자리에 임해 가족에게 생명을 부여하고, 그 생명이 자라 꽃 피우는 것을 아무런 대가를 바라지 않고 지켜보며 여자로서 보람되고 행복했던 것은 아닐까?

어느 날인가, 집안일 하다 문득 어머니 생각이 나서 수화기를 집어 들었다. 막 다이얼을 돌리려던 순간, 손이 멈칫했다.
'아, 돌아가셨지.'
어머니는 늘 그 자리에 있었다. 물고 빠는 사랑도 사랑이지만 언제나 그 자리를 변함없이 지켜 주는 것도 사랑임을, 그것이 엄마식 사랑임을 그제야 알았다.
어머니가 인정 안 해 준다고 서운해만 했지, 어머니의 삶을 단 한 번도 인정해 주지 않았다. 어머니 돌아가시기 전, 아직 의식 있을 때, 어머니가 나 버리고 가려 한다고 화만 내지 말고, 어머니 손잡고 말해 주었다면 얼마나 좋았을까?
"엄마 아니었음 우리 집안 벌써 풍비박산 났을 거야. 엄마가 집안을 지켰으니까 자식 다섯 다 잘되고 할머니, 아버지 편히 가셨지. 엄마는 최고야. 최고의 엄마, 최고의 며느리, 최고의 아내, 최고의 시어머니. 최고의 할머니. 엄마가 내 엄마라는 게 자랑스러워. 엄마가 우리 집안 살렸어. 우리 엄마 정말 애 많이 썼어. 고마워요, 엄마."

지금에야 드는 생각이지만 틀림없이 어머니는 박세리, 박찬호 같은 세계적인 선수들만큼이나 한 집안에 시집와 며느리로서, 엄마로서, 아내로서 할 일 다 하고 간다는 자부심을 가지고 눈을 감았을 것이다.

이 나이에 꿈이 생겼다.
어머니가 한 집안을 살린 여자였듯이
나도 사람과 생명을 살리는 여자로 살고 싶다.

아버지를
만나다

수치스러워도 괜찮다고,
돈 못 벌어도 괜찮다고
아버지는 그냥
내 아버지니까.

가까이하기엔 너무 먼 당신. 멀리서 지켜보기만 해야 하는 사람. 내게 아버지는 그런 사람이었다.

아버지와 대화를 나눈 기억이 별로 없다. 밖에 나갔다 돌아오시면 "다녀오셨어요." 하면 그만이었다. "아버지!" 사랑스럽게 부르며 품에 안겨 본다는 건 상상하기조차 어려운 일. 그러니까 아버지에 대한 나의 믿음은 겉모습을 보고 혼자 오랫동안 하나씩 쌓아올린 것인 셈이다.

밖에서 보는 아버지는 인생을 철저히 즐기는 사람이었다. 미식가, 일류 멋쟁이, 어머니 말로는 하이칼라, 엘리트. 할머니는 아버지가 '기마이가 좋다'고 했다. 돈을 아끼지 않고 시원시원하게 쓴다는 뜻이다.

돈을 아무리 많이 벌어도 집에는 딱 생활비 할 만큼만 주고, 주머니에 현금을 다발로 넣고 다니면서 명동의 문인들에게 술깨나 사 주었다고, 어머니가 아까워하는 말을 여러 번 들었다.

1960년 4·19혁명이 나고 시민들의 데모가 이어지자 아버지는 또다시 6·25와 같은 전쟁이 일어날까 봐 노심초사했다. 경제학을 전공한 아버지는 세계에서 가장 가난한 나라 중 하나인 한국을 잘사는 나라로 만들 수 있는 복안을 가지고 있었다.

낭만파에 책깨나 읽은 아버지답게 유려한 문장으로 날마다 신문에 기고를 했고, 당시 박정희 장군의 눈에 띄어 정부에 발탁되었다. 아버지 지론은 우리나라는 자원이 부족하니 수출에서 활로를 찾아야 한다는 것이었다. 요즘 말로 '수출입국'의 기치를 내세운 것이다.

박정희의 전폭적인 지지 아래 상공부 차관보로 무역진흥공사를 만들고 의류 공장을 열게 하고 판로를 개척하기 위해 세계로 뛰었다.

한국 최초로 뉴욕에서 패션쇼를 열어 한국 섬유의 우수성을 알리는 등 백방으로 노력했다. 어머니가 유품으로 남긴 남빛 공단 코트와 스웨이드 투피스가 그 흔적이다.

수출업자들에게 인허가 하나 내줄 때마다 집 한 채씩 챙길 수 있었던 시절. 하지만 아버지는 '장사꾼은 쌀 때 사서 비쌀 때 팔거나, 싼 곳에서 사서 비싼 곳에서 팔아 이문을 남기는 사람이다.'는 원칙을 고수하면서 절대로 뒷돈을 받지 않았다.

박정희가 정권을 장악하고 공화당을 창당하면서 아버지의 고민은 깊어 갔다. 아버지가 가진 또 하나의 원칙은 '모든 행정 관료는 중립'이어야 한다는 것. 행정 관료가 특정 당에 소속되면 이해관계에 좌우될 수 있어 소신껏 일하기 어렵다는 이유에서였다.

모든 행정 관료에게 공화당 입당 압력이 가해지면서 결국 아버지는 사표를 집어 던졌다. 공직을 그만두면서 아버지는 내심 차기 대통령감으로 떠오른 박태준 회장이 자신을 써 주리라는 기대를 가졌다.

아버지는 정치의 세계를 너무 몰랐다. 정치의 세계란 힘에 따라 움직인다는 철칙을 몰랐다. 경제의 세계도 결국은 힘의 논리에 이끌릴 수밖에 없다는 것을 몰랐다.

그런 아버지가 사업을 시작했다. 이번에는 외국에서 싼 원당을 수입해 이윤을 남기고 국내에 판매하려고 했다. 각종 세관 절차를 다 마치고 컨테이너가 항구에 들어왔는데, 유통 허가가 떨어지지 않았다. 삼성의 이병철 회장이 아버지보다 늦게 원당을 들여왔지만, 박정희와 손잡고 국내 독점권을 가져갔다.

현실의 정치, 경제 상황에 부딪히며 아버지의 꿈은 좌절되었고, 그때부터 아버지의 기다림이 시작되었다. 아버지는 부정 축재 안 하고 권력에 아부하지 않는 정직한 사람이었지만, 내게는 무책임한 가장이었다. 가족들이 아무리 기대에 찬 시선을 보내도 한번 방에 들어앉은 아버지는 결코 세상으로 나가지 않았다. 나가서 자기를 꺾고 가족을 위한 돈벌이를 하지 않았다.

집을 줄이고 또 줄이고 끼니 걱정을 할 지경이 되어도 꼿꼿하게 큰소리쳤다.

마음공부를 시작하고 가장 힘들었던 것 중 하나는 내가 아버지에게 사랑받고 싶었다는 사실을 인정하는 것이었다. 아무리 기억을 더듬어도, 아무리 좋은 마음을 가지려 해도 아버지가 원망스러웠다. 내 인생 다 망치고 어머니 고생시킨 아버지에게 사랑받고 싶었다는 것을 죽기보다 인정하기 싫었다.

더욱 나를 힘들게 한 것은 오빠들과 언니가 다 성인이 되고 나만 고등학교 때, 아버지라는 울타리가 가장 필요할 때 외면당했다는 점이었다. 나도 스무 살만 넘었다면 아르바이트를 하든 뭔 짓을 하든 이렇게까지 힘들지 않았을 테고, 인생이 이렇게까지 꼬이지 않았을 것이라고 수없이 원망했다.

'내가 왜 아버지에게 사랑을 구걸해? 내가 왜?'

2년 넘게 메아리처럼 반복하며 저항하다 문득 하나의 기억이 떠올랐다. 64세로 아버지가 세상을 떠나고 가족 중 누구도 눈물을 보이지 않았다. 침묵 속에 장례식을 마치고 집으로 돌아와 잠을 청했다.

꿈속에서 내가 아버지 무덤 앞에 엎드려 있었다.

"아버지!"

갑자기 오열이 터졌다. 아버지 무덤을 끌어안고 큰소리로 울었다. 눈을 떠보니 베개가 젖어 있었다. 그 기억이 떠오르면서 내가 아버지 사랑을 갈구하고 있었음을 조금씩 받아들이기 시작했다.

아버지는, 10년 넘게 방안에서 혼자 술만 마신 아버지는, 어떤 마음이었을까? 아직 한창 활동할 나이인 50 넘어서부터 온몸이 병투성이인 줄 알면서 날마다 술을 쏟아부은 아버지. 아버지는 왜 그렇게 할 수밖에 없었을까?

아버지를 이해해 보려는 마음과 달리 자꾸 화가 났다. 죽기 전에 뜨거운 물에 목욕 한번 하고 싶다던 아버지는 때로 얼룩진 몸으로 병원에 입원했다. 직장암으로 대변을 조절 못 해 기저귀를 차야 했다. 그런 아버지를 떠올릴수록 화가 났다.

그런데 아니었다. 나는 화가 난 게 아니었다. 수치스러웠다. 수치스러웠지만 아버지 때문에 수치심을 느껴야 한다는 게 싫어서 화가 났다.

아버지 자신은 그런 상황이 얼마나 수치스러웠을까? 이런 생각은 한 번도 하지 못했다. 하이칼라 멋쟁이에, 옷에 묻은 티끌 하나도 용납 못 했던 아버지는 얼마나 수치스러웠을까?

그때 아버지에게 화를 낼 것이 아니라 아버지의 수치를 이해해 드렸어야 했다는 생각이 비로소 들었다. 어쩌면 아버지가 말년에 더 화를 낸 것도 자기가 너무 수치스러웠기 때문 아니었을까.

내 바람대로 아버지가 죽었고, 아버지 없으면 편해질 줄 알았던 어머니는 오히려 쓸쓸해졌다. "이 좋은 세상에!" 노래하던 할머니는 자꾸 "죽고 싶다."고 했다.

나는 아직도 아버지에게 "사랑받고 싶어요."라는 말을 하지 못했다. "얼마나 수치스러우셨어요?"라는 말을 하지 못했다.

수치스러워도 괜찮다고, 돈 못 벌어도 괜찮다고 아버지는 그냥 내 아버지니까. 나는 아버지가 돈을 못 벌어 화가 난 게 아니라, 사실은, 아버지 사랑을 받고 싶어 화난 척한 것이라고 솔직하게 말하지 못했다.

나 자신조차 내 마음을 이해하지 못했으니까.

환갑 넘어 굳게 닫혀 있던
아버지 방문을 조심스레 두드려 본다.
"아버지!"

용서하지 않고
사랑할 수 없더라

미워하고 버리고 버림받고 수없이 반복하면서

용서할 수도, 용서받을 수도 없는

가상의 세계를 창조했다.

육십갑자 한 바퀴를 다 돌도록 그렇게 살았다.

용서와 망각.

살면서 누군가를 용서해야겠다고 생각해 본 적이 없었다. 나를 힘들게 한 사람이 있다면, 괴로운 순간이 있다면 빨리 잊는 것이 상책이라고 믿었다. 시간이 약이라는 말을 금과옥조처럼 믿었다.

진실과 가식.

진실, 혹은 가식이라는 말도 생각해 본 적이 없었다. 굳이 진실되어야 한다거나 내가 지금 가식을 쓰고 있다거나 의식하지 않았다. 그냥 생긴 대로, 입에서 나오는 대로 행동하고 말하면 그만이라고 믿었다. 뭔가 꾸미고 거창하게 말하는 것을 싫어하는 것으로 나 자신이 매우 진솔한 사람이라고 생각했다.

마음공부를 하고 내 안에 아주 낯선 존재가 살고 있음을 알았다. 그 존재가 생각하고 말하고 판단하고 행동하면서 내 삶을 이끌어 왔다. 너무 '나'라서 결코 알아차릴 수 없었던 그 존재는, 그러니까 나의 '에고'는 매우 특이했다.

예컨대 사랑을 받고 싶으면 오히려 미운 짓을 했다. 이쪽에서 미운 짓을 하면 세상 원리대로 당연히 미움이 돌아올 수밖에. 그러면 상대가 미워했다고, 또 미워하면 어떡하냐고 두려

위하면서 더욱 미워하고 미운 짓을 했다.

에고의 바람대로 상대가 관심을 보이면 이번에는 나 같은 게 무슨 관심을 받냐며 멀찍이 물러났다. 나처럼 쓸모없는 존재는 멀리서 바라보기만 하는 게 제격이라며 혼자 외로움에 떨었다.

돈이 없을 때는 왜 내게 오지 않냐고 미워하고, 막상 돈이 오면 나처럼 돈보다 못한 존재가 무슨 돈을 갖냐며 몸을 사렸다. 남에게 마구 주기도 하고 푼푼이 가치 없이 쓰거나 아예 다른 사람에게 맡기고 조금씩 얻어 쓰며 눈치를 보았다.

다른 여자처럼 남자 사랑받고 싶지만 나 같은 건 절대로 사랑 못 받는다고 굳게 믿고, 일하고 돈 벌어 인정이나 받아야 한다고 자기를 혹사했다. 막상 남자가 고맙다고, 수고했다고 인정해 주면 '그래, 나는 여자도 아니니까 일이나 해라 이거지.' 하며 만족을 못 했다.

사랑받고 싶으면 사랑받고 싶다고 말하고, 애교라도 부리면 얼마나 좋은가. 그 짓은 절대 못 한다며 뻣뻣하게 고개 세우고, 속으로는 질투하고 심술부리고 온갖 부정적인 미움을 쓰며 여자가 아닌 척했다.

그러면서 혼자 버림받고 혼자 두렵고 혼자 화나고 혼자 괴로웠다. 누군가의 말처럼 '슬프고도 어리석은' 에고였다.

이 에고가 제일 싫어하는 게 가식이었다. 솔직하지 못한 사람을 가장 싫어했다. 근데, 자기 자신은 완전 가식 덩어리임을 몰랐다. 그 순간, 그 자리에서 그럴듯하게 꾸미는 낮은 차원의 가식이 아니었다. 가식에 가식이 층층이 쌓여 본인도 모르는 고차원의 가식. 그러니까 본인이 무엇을 원하고 무슨 목적으로 매 순간 생각하고 판단하고 말하고 행동하는지 모르는 채, 마치 로봇처럼 살아온 셈이다.

에고가 가식을 쓸 수밖에 없었던 가장 큰 이유는 두려움이었다. 너무 두려워 진실을 마주할 수도, 진실을 말이나 행동으로 옮길 수도 없었다. 그 두려움과 두려움을 느끼는 수치를 감추기 위해 싸고 또 싸서 완전히 다른 존재를 만들어 냈다.

에고가 가장 두려워한 것은 무엇일까? '느끼는 것'이었다. '느끼고 표현하는 것'이었다. 감정을 느끼고 누군가에게 그것을 전하고 그 사람의 감정을 같이 느끼고 마음을 주고받는 소통이 무엇보다 무서웠다.

소통. 사랑. 행복. 에고는 소통하고 사랑하고 행복하기를 원했지만, 스스로 너무 보잘것없어 스스로 포기했다. 수도 없이,

자기에게 속삭였다.

'그래, 나 같은 건 죽도록 고생이나 하다 빨리 죽어야 돼.'

'남에게 절대 짐이 되면 안 돼.'

'없는 듯이 살다 그냥 사라져야 돼.'

용서.

그것은 있을 수 없는 일이었다. 용서하면 곧바로 소통, 사랑, 행복으로 이어지니까. 용서에서부터 원천봉쇄해야 했다.

에고가 가장 용서할 수 없는 존재는 바로 나 자신이었다. 나는 아무 쓸모도 없는데 어머니 고생시키고 굳이 세상으로 나온 '죄인'이었다. 스스로를 용서하지 않기 위해 타인을 미워했다. 미워하고 버리고 버림받고 수없이 반복하면서 용서할 수도, 용서받을 수도 없는 가상의 세계를 창조했다.

어리석고 슬프고 이기적인 에고. 자기가 가식을 쓰는지도 모른 채 가식 쓰는 사람을 싫어하고, 자기가 이기적인 줄 모르고 아버지가 이기적이라고 평생 미워하고, 자기가 인정받고 싶어 안달 났으면서 어머니가 인정받으려고 일한다고 죽을 때까지 미워한 바보.

내 안에 그 바보가 살고 있었다. 스스로 얼마나 슬픈지, 얼마나 무섭고 수치스러운지, 얼마나 화나고 답답한지, 얼마나 외로운지 느끼려 하지 않고 사람 만나면 얼굴 가득 환한 미소를 띠고 큰소리로 웃으며 아무렇지도 않은 척했다.

육십갑자 한 바퀴를 다 돌도록 그렇게 살았다. 이제 내 안의 에고, 천하의 바보를 만났으니, 제일 먼저 할 일은 스스로 용서하는 일이다. 스스로를 용서해야 다른 사람도 용서할 수 있을 테니. 그래야 죽기 전에 나도 남들처럼 소통하고 사랑이라는 것을 해 볼 수 있을 테니.

60년 넘게 스스로를 미워한 에너지가 적지 않겠지만,
바보를 품에 안고 다독이며 느껴 주고 표현하며
가식이 아닌 진실로 살아 봐야겠다.

••••

가난한 부모 밑에서 자라
가정을 두 어깨에 짊어지고 살아온 우리 두 사람,
자기에게는 지독히도 인색하게 살아온
똑같은 두 사람.

남편과 내가 이제 서로를 내려놓고
서로를 존중하고 믿으며
같이 또 따로 남은 인생길을
걸어가려 하고 있었다.

4장

———

나 자신을 용서하다

피해자 코스프레를
벗다

내 믿음이 바뀌어 가면서
간장 종지였던 남편이 결혼 전 약속대로
망망대해가 되어 가고 있다.
나는 더 이상 피해자가 아니다.

결혼 전 할머니, 아버지, 어머니와 함께 양재동에 살 때였다. 당시 양재동은 지금 같은 부촌이 아니었다. 물론 요새도 허름한 빌라가 많고 세 들어 사는 사람도 적지 않지만, 그때는 더욱 개발이 안 된 상태였다.

14차선 양재대로가 뚫리기 전 구불구불한 국도변, 사방이 논밭인 한쪽에 허 씨들이 모여 사는 마을이 있었다. 거기서 방 두 개짜리 셋집에 살았다. 여전히 아버지는 방에서 술을 마셨고, 마당 뒤쪽에 있는 화장실에 갈 때만 방에서 나왔다.

생활비는 내가 출판사를 다니며 받는 얼마 안 되는 돈으로 충당했다. 한겨울이면 하수구가 얼어 부엌 바닥이 얼음판이 되었다. 퇴근하고 밤늦게 들어오면, 꽁꽁 언 부엌 바닥을 칼끝으로 두드려 깨고 있는 어머니가 보였다. 짜증이 났다.

"이리 줘! 내가 할게."

콱콱 얼음 깨며 오빠들을 욕했다. 아들이 없는 집도 아닌데, 웬만한 일을 내가 해야 하는 현실이 싫었다. 전구도 갈아야 하고 이사 하면 도배에 장판에, 아버지 병원 약도 타 와야 했다.

어느 날인가, 웬일로 셋째 오빠가 찾아왔다.

"어떻게 지내세요?"

"우리야 잘 지내지. 너는 어떠냐?"

"저도 잘 지내요."

어머니와 아버지는 모처럼 찾아온 아들이 반가운 눈치였다. 나는 자리에서 일어나 밖으로 나왔다. 담 한 귀퉁이에 난 쪽문 앞에 서서 오빠가 나오기를 기다렸다.

"잘 가, 오빠."

"그래, 잘 있어."

오빠는 머뭇거리더니 작은 목소리로 물었다.

"근데…, 어떻게 먹고사니?"

처음으로 물어본 말이었다. 갑자기 막막했다.

"우리야…, 잘 살지…."

오빠는 지갑을 꺼내더니 7만 원을 주었다.

"직장 다니는 애가 신발이 그게 뭐니? 이걸로 신발이나 하나 사 신어라. 간다."

서둘러 가는 오빠의 뒷모습과 손에 쥔 7만 원.

'어떻게 사니…, 어떻게 사니….'

오빠 말대로 금강제화에서 연한 미색 구두를 사 신었다. 구두를 볼 때마다 오빠 생각이 났다. 어떻게 사니….

나는 왜 그때 오빠에게 말을 하지 않았을까?

"우리 힘들어. 내 월급도 얼마 안 되고 아버지 약값에 생활비에. 오빠가 좀 도와줬으면 좋겠어. 나도 돈 모아서 자립할 준비도 해야 하잖아. 언제까지 이렇게 살아야 돼?"

큰소리 내고 죽는소리라도 했으면 모른 체하지 않았을 텐데, 힘들어도 절대로 내색하지 말고 버텨야 할 것 같았다.

그때는 오빠들에게 부담 주기 싫어서라고 생각했는데, 돌이켜보면 오빠들을 계속 나쁜 사람으로 만들고 싶었던 게 아닌가 싶다. 사실 오빠들이 부모님을 완전히 외면한 것도 아니었다. 집을 옮기거나 전세금을 올릴 때 목돈은 오빠들이 걷어 드렸고, 생신, 환갑 등등 굵직한 집안 행사도 오빠들이 준비했다.

내가 한 것은 몇 년 동안 생활비를 댄 것이었고, 나중에는 오빠들과 같이 나누어 냈다. 그런데도 내 기억에는 나만 부모님을 부양했고 오빠들은 버렸다고 저장되어 있었다. 나만 피해자고 나만 억울한 사람이라고 굳게 새겨져 있었다.

나만 피해자라는 것은 나에게 신앙과도 같은 믿음이었다. 내가 모든 사람을 가해자로 설정하고 대한다는 것을 마음공부하고 나서 알았다. 그때의 놀라움이란!

상대를 가해자로 만드는 방법은 단순했다. 말을 하지 않는 것이다. 진심을 말하지 않고 상대의 입장이나 마음을 '이해'하지 않는 것이다. 일부러 그러려고 해서 그러는 것이 아니었다.

나도 모르는 사이에 체득된 것이었다.

거기에 따르는 논리는 다양했다. 남에게 피해를 입히면 안 된다, 말해도 소용없다, 사람은 절대로 안 변한다 등등.

또 하나 대전제가 있었다. 나는 옳다, 나는 다 안다.

남편과의 사이에서도 마찬가지였다. 결혼 후 한 번 두 번, 마찰을 빚으면서 내 안에 남편상이 만들어졌다. 허구의 남편상을 만들어 놓고 '그럴 줄 알았어, 또 저런다.' 하면서 점점 더 확고하게 상을 키웠다.

언젠가 남편이 이런 말을 했다.

"당신도 알다시피 나는 성질이 급하잖아. 내가 혹시 소리를 지르면 입 꼭 다물고 쏘아보거나 맞대응하지 말고, 잠시만 기다려 주면 안 돼? 나는 뒤끝이 없잖아. 좀 진정되면 그때 얘기하면 좋겠어."

고개는 끄덕였지만 그렇게 하기가 쉽지 않았다. 남편이 화내기 전부터 화낼 것 같다는 불안감이 들면서 잔뜩 긴장하고 있다가, 화를 내면 나도 모르게 고집 같은 것이 올라오고 속에서 찬바람이 불었다. 냉전을 하든 한바탕 붙든 하고 나면 남편에 대한 불신이 가중되고 그 문제에 대해 차분히 얘기해 보아야겠다는 생각조차 들지 않았다.

집으로 돌아온 후 남편이라는 사람을 다시 보기 시작했다. 3년 7개월 동안이나 집을 떠나 있다 돌아온 아내를 따뜻하게 맞이해 준 사람. 우리 남편은 어떤 사람일까? 그동안 돌아오고 싶어도 무서워 못 왔는데, 과연 우리 남편은 무서운 사람일까?

먼저, 남편과 있을 때 내 마음을 관찰해 보니, 심장의 떨림이 심해질 때는 반드시 머리가 돌아갔다.

'저러다 또 화내는 거 아니야?'

밖에 나갔다 늦어지면 심장이 두근거렸다.

'또 늦게 왔다고 화내겠지?'

그때마다 내게 말해 주었다.

"아니야, 우리 남편 그런 사람 아니야."

그리고 남편에게 말을 했다.

"여보, 나 무서워. 화낼 거야?"

"허허, 무섭긴 뭐가 무서워. 나 이제 화 안 내."

내 믿음이 바뀌어 가면서 간장 종지였던 남편이
결혼 전 약속대로 망망대해가 되어 가고 있다.
나는 더 이상 피해자가 아니다.

나를 사랑하는
마음

나는 더 이상 혼자가 아니었다.
혼자가 아니어서 행복했다.
혼자가 아님을 알게 되어서
행복했다.

오늘 또 새로운 하루가 시작되었다. 어젯밤 늦은 시간, 번역을 하다 문득 행복했다. 일을 다시 시작했다. 버지니아 울프의 《자기만의 방》을 번역하면서 작가와 하나 되어 여성의 삶에 안타까움을 느끼고, 그 이유를 탐색하고, 빵 웃음이 터지고…. 처음 경험하는 일이었다.

처음에는 거실에 책상을 두고 사용하다가, 여성이 제대로 일을 하려면 돈과 '자기만의 방'이 있어야 한다는 울프의 말대로 지방에 내려간 아들 방을 나의 '자기만의 방'으로 쓰기 시작했다.

빨간 포인세티아 화분 앞에 딸이 사 준 울프 카드 한 장을 세워 놓고, 향초 뚜껑 위에는 말린 소국 3송이를 놓았다. 스탠드 불빛 아래 사진 속에서 어린 아들과 딸이 활짝 웃으며 놀고 있다.

많지는 않지만, 지지난달부터 국민연금이 나온다.

돈과 '자기만의 방'을 나도 갖게 되었다.

늦은 밤, 모두가 잠든 시간. 아무도 알아 주지 않지만, 가로등은 제 할 일을 하고 있었다. 주황색, 흰색, 푸른빛이 도는 가로등도 있었다. 어둠을 밝혀 주는 가로등 불빛 아래 자동차가 지나갔다. 빨간 미등을 빛내며 달려가는 자동차도, 눈부신 헤

드라이트를 켜고 달려오는 자동차도 아름다웠다.

세상에! 자동차가 아름답다니! 자동차만이 아니었다. 모든 것이 아름다웠다. 그리고 행복했다. 일이 재미있어서 행복했다. 일을 할 수 있어서 행복했다. 싫어하는 줄 알았던 일을 사실 사랑한다는 것을 알게 되어서 행복했다.

자동차를 보면서 아름답다고 느낄 수 있어서 행복했다. 여러 가지 마음을 느끼며 살 수 있어서 행복했다. 아직은 사람과의 관계에서 나를 잘 표현하지 못하지만 이렇게 글로 표현하고 있어서 행복했다. 글을 통해, 가족을 통해 하나씩 연습하다 보면 언젠가는 세상과 소통할 수 있을 것이라는 희망이 생겨서 행복했다.

내가 존재해서 행복했다.

이 세상에 내가 있어서 행복했다.

또다시 시작된 오늘, 아침 식사로 샌드위치를 준비하며 콧노래를 불렀다. 그러고 보니 부르는 노래도 달라졌다. 구슬픈 옛날 노래가 아니라 신나는 노래. 몸이 들썩거리며 춤을 춘다.

'음, 오늘은 무엇을 넣을까? 좋아, 치킨 샌드위치. 남편은 양파 좋아하니까 넣고 딸은 싫어하니까 넣지 말고. 토마토, 치즈, 야채….'

손이 재게 움직인다. 커피 물 올리고 하루 동안 먹을 우엉차
도 끓여 보온병에 담아 놓았다. 고양이가 싱크대 아래서 올려
다보며 야옹, 같이 놀자고 한다. 고양이가 좋아하는 숨바꼭질
놀이 한바탕에 웃음이 터졌다.

어제는 일요일이라 딸과 함께 극장에 갔다. 나는 디즈니 애
니메이션 〈코코〉, 딸은 친구랑 보았다며 〈1987〉을 보았다. 신
발을 만들며 가계를 이끌어 온 부모님과 할머니, 할아버지, 돌
아가신 고조할머니, 고조할아버지…. 멕시코의 대가족이 복작
거리며 서로를 사랑하는 모습에 마음 깊은 곳에서부터 흐느낌
이 올라왔다. 영화 끝나고도 한동안 자리에서 일어나지 못하고
흐느꼈다. 아련한 향수.
'명절이면 고모와 고모부, 사촌들이 몰려와 우리도 북적거
렸지. 명절이 아니라도 할머니 모시고 일곱 식구 모여 사는 대
가족에 이모와 삼촌까지, 그러고 보니 내 곁에 늘 사람들이 있
었구나. 나는 혼자가 아니었구나.'

시어머니 생각도 났다. 시어머니는 품이 넓고 씩씩한 분이
었다. 아이들과 전주 시댁으로 내려가면 버선발로 달려 나와
아이를 번쩍 안아 올리며 하는 첫 말씀이 "그래, 굶지는 않았

니?"였다.

'굶지는 않았니? 굶지는 않았니?'

이 말이 두고두고, 시어머니 돌아가신 다음에도, 지금까지도 생각하면 울컥 감사함으로 올라온다. 없는 살림에 아들 내외 왔다고 온갖 음식 해 주시고, 올라올 때는 멸치며 콩자반이며 장조림에 김치 등을 무거워서 들 수 없을 만큼 싸 주셨다.

시아버지는 나를 이름으로 불러 주셨다. 신혼여행에서 돌아와 첫 인사 드릴 때 말씀하셨다.

"영빈이는 목소리가 너무 작아요. 앞으로 큰 목소리로, 하고 싶은 말 하고 살아요."

남편이 아무리 미워도 두 분에게 받은 사랑만으로도 가정을 지켜야 한다는 마음이 있었다, 내 안에. 나 자신은 모르고 있었지만.

결혼하고 시집살이는커녕 이렇게 큰 사랑을 받을 수 있었던 것은 어쩌면 친정어머니가 두 딸만큼은 자기처럼 지독한 시집살이를 하지 않게 해 달라고 염원한 덕 아니었을까?

〈코코〉를 보며 나라는 존재가 우주에서 뚝 떨어진 것이 아니라 눈에 보이는, 혹은 보이지 않는 부모님과 조상님들의 어마어마한 사랑과 염려 속에 살아왔고 살고 있음을 느꼈다.

나는 더 이상 혼자가 아니었다. 혼자가 아니어서 행복했다. 혼자가 아님을 알게 되어서 행복했다.

혼자가 아니기에 이제 용기를 내 보려고 한다. 가장 먼저 할 일은 나에 대한 그동안의 정의를 과감하게 바꾸는 일이다.

나는 죄인이다 ☞ 나는 죄인이 아니다
나는 쓸모없는 사람이다 ☞ 나는 꼭 필요한 사람이다
나는 못생겼다 ☞ 나는 아름답다
나는 아무것도 못하는 무능이다 ☞ 나는 유능하다
나는 열등하다 ☞ 나는 우월하다
나는 피해자다 ☞ 나는 피해자지만 동시에 가해자다
나는 살 가치가 없다 ☞ 나는 충분히 살 가치가 있다
나는 아무것도 가질 수 없다 ☞ 나는 모든 것을 가질 수 있다
나는 사랑을 못 받는다 ☞ 나는 넘칠 만큼 사랑을 받고 있다
나는 사랑할 자격이 없다 ☞ 나는 사랑하기 위해 태어났다

그렇다, 나는 사랑하기 위해 태어났다. 사랑받겠다고, 나만 사랑받겠다고, 어차피 사랑 못 받을 바에야 미움이라도 받겠다고, 수치라도 당하겠다고 몸부림친 세월이 부끄럽다.

내가 태어난 목적대로
나도, 남도, 세상도 사랑하며
행복하게 살아야지,
룰루랄라.

소중한
내 인생

사람의 기억이란 믿을 만한 게 못 된다.
불행한 기억에 쌓이고 쌓인 미움의 에너지를
하나둘 버릴 때마다
거짓말처럼 행복한 기억이 솟아오른다.

나를 알아갈수록 전혀 생각지 못했던 면들이 드러난다. 재즈를 좋아하고 작고 예쁜 것들을 좋아한다는 걸 뒤늦게 알았듯이, 글을 쓰면서 새롭게 찾은 면이 있다. 나는 방치되었고 그래서 사랑받고 싶어 몸부림치며 살았다고 생각했는데, 사실은 충분히 사랑받았다는 것이다.

내 삶 위에 미움이라는 안개를 조금씩 걷어 가다 보니, 온통 죽은 나무뿐인 것 같았던 내 삶의 대지에 싱싱한 꽃도 있고 나무도 있었다. 크고 작은 이름 모를 풀잎들이 바람에 나부끼고 있는 모습도 눈에 보이기 시작했다.

내게는 너무 먼 당신이었던 아버지. 죽을 때까지 미워하리라 결심했던 아버지. 어느 날, 아버지에 대한 기억이 떠올랐다. 아버지는 술에 만취해 들어오면 자는 나를 번쩍 안아 올려 볼을 비볐다.

"아이, 따가워."

아버지 얼굴을 밀어내면 껄껄 웃으며 다시 비볐다. 몇 살 때인지는 모르지만, 아버지는 이런 말을 했다.

"다시 태어나면 우리 딸 같은 여자랑 결혼하고 싶구나."

자타가 알아주는 멋쟁이였던 아버지가 이런 말을 했다는 것은 나를 최고의 여자로 인정한다는 뜻이었다.

언젠가는 해외 출장 다녀오면서 알루미늄으로 된 소꿉놀이 세트와 파란 눈을 떴다 감았다 하는 커다란 인형을 사다 주셨다. 우리나라에 아직 들어오지 않은 따끈따끈한 신상이었다. 부피가 커서 힘들었지만, 막내딸을 위해 사 오셨다고 했다.

주황색과 미색이 사선으로 배색된 상의와 고급 양모 주름치마를 입고 기사가 운전하는 차를 타고 아버지와 둘이 안성 별장으로 주말마다 드라이브를 다니기도 했다. 저녁 무렵 돌아오는 차 안에서 멀리 산 너머로 해지는 광경을 바라보며 '우리나라에는 참 산이 많구나.' 했던 기억이 난다.

아버지는 내게 '머리 좋고 센스 있는 딸'이라고 했다. 그래서 공부를 잘할 거고 사람들의 사랑을 받을 거라고.

어머니는 내 단짝 친구였다. 무슨 짓을 해도 내 편을 들어줄 세상에 하나뿐인 친구. 34년을 같이 살았고 결혼한 후로도 거의 매일 전화하고 어머니가 우리 집에 오거나 내가 가거나 늘 같이 사는 기분이었다.

어머니와 나는 정치적인 동지이기도 했다. 호남 출신인 어머니는 고 김대중 대통령을 지지했다. 오빠들은 여당 편인 경우가 많았지만, 어머니와 나, 농민운동가의 아내인 언니, 그러니까 우리 집안 여자들은 언제나 야당을 찍었다.

일제시대를 살았던 어머니에게 작은아버지가 계셨다. 일본 와세다 대학에서 유학하고 돌아온 작은아버지는 집에 오면 손수 음식을 해서 조카들에게 먹였다고 했다. 약간의 사회주의 색채를 지녔던 작은아버지가 어린 어머니 보기에 그렇게 멋있었다고.

"그때는 남자가 부엌에 들어가면 큰일 나는 줄 알던 시대였잖아. 그런데 작은아버지는 여자도 남자와 똑같이 평등하다고 하더구나."

내가 운동권 한다고 밖으로 나돌아도 어머니는 여자가 그러면 안 된다는 말을 하지 않았다. 날마다 따뜻한 밥 지어 아랫목에 묻어 놓고 기다렸다.

중학교 때 가정 시간에 수예 숙제를 내주면, 나는 조금 하다 잠들어 버리고 어머니가 밤새 수놓고 풀을 살짝 먹여 다림질까지 해서 머리맡에 놓아두었다. 덕분에 내 가정 점수는 언제나 전교 최고였다.

어머니는 뜨개질과 꽃꽂이를 좋아했다. 일본어로 된 뜨개질 책과 꽃꽂이 책도 집에 여러 권 있었다. 바쁜 집안일 틈틈이 어머니는 색색의 털실로 뜨개질하고 큰 접시 같은 수반에 침봉 놓고 글라디올러스, 백합 같은 꽃을 꽂았다.

가난에 찌든 모습이 아닌 우아한 대갓집 며느리 같던 어머니 모습이 눈에 잡힐 듯 떠오른다. 아버지가 조선 호텔에서 외국 바이어들을 초청해 디너파티를 열면 어머니는 비단 한복 차려입고 흰 장갑 낀 손으로 맞이하며 안주인 역할을 했다. 의욕에 찬 아버지 옆에서 어머니가 환하게 웃고 있다. 언니 오빠들도 웃고 있다.

오빠들은 나를 예뻐했다. 오죽했으면 결혼 앞두고 올케들이 나를 만나면 "아가씨가 막내예요? 오빠가 우리 꼬마, 우리 꼬마 하면서 얼마나 얘기를 많이 했는지 몰라요." 할 정도였다. 지금도 나는 '꼬마 아가씨'로 불린다.

사람의 기억이란 믿을 만한 게 못 된다. 가슴 가득 미움이 차 있을 때 떠오르는 기억이라곤 불행한 기억뿐이더니, 불행한 기억에 쌓이고 쌓인 미움의 에너지를 하나둘 버릴 때마다 거짓말처럼 행복한 기억이 솟아오른다.

수치스러웠던 아버지는 자랑스러운 아버지가 되고, 무능한 짐덩이였던 어머니는 자식을 위해 최선을 다하는 최고의 어머니가 된다.

이렇게 사랑받았는데, 내 인생이 아무렇게나 막산 인생일 리 없다는 자각이 올라온다. 운동권 시절, 가족들이 미워 나를 던지다시피 살았다고 생각했지만, 사실은 나 나름의 간절함이 있었다. 배고팠던 고교 시절, 나처럼 가난한 아이들도 마음 놓고 공부하는 세상이 되었으면 좋겠다는 바람이었다.

그래서 민주화 운동에 몸을 던졌고 직장 다니면서도 혼자, 혹은 직장 동료들과 시위 현장을 쫓아다녔다. 딸아이가 〈1987〉 영화를 보고 비로소 엄마 아빠 세대를 제대로 이해할 수 있게 되었다고 말했을 때 나도 모르게 자랑스럽게 말했다.

"엄마도 그날 연대에 있었어. 엄마 아빠가 젊은 시절 그만큼 노력했으니까 너희들이 마음 놓고 살 수 있게 된 거야. 촛불집회 봐. 민주적인 시위로 정권을 바꾼다는 것은 세계 어느 나라에서도 할 수 없는 일이야. 오랜 역사에서 국민이 주인인 것을 보여 주었으니까 군부와 경찰도 함부로 못 하지. 아마 다른 나라 사람들도 깜짝 놀랐을걸. 우리나라 대단하지 않니?"

역사를 재해석하듯 내 인생의 역사에
새로운 의미 부여를 하기 시작했다.

자존감의
시작

열등감, 제대로 느끼고,

내 존재를 있는 그대로 받아들이며

가족과 세상과 사람에 대한 감사를 느끼는 것,

이것이 내 자존감의 시작이다.

할머니는 입담이 좋았다. 자기 말로 거짓말도 참말처럼 한다며 심심하면 옛날이야기며 짧은 일화를 술술 풀어놓았다. 《장화홍련전》은 수없이 반복했고 오다가다 툭툭 재밌는 얘기를 던졌다.

이를테면 이런 이야기다.

"옛 놈이 한밤중에 짐을 싸서 야반도주하다 자꾸 뒤를 돌아보더란다. 그러면서 마누라에게 뭐라고 말했는지 아나?"

"몰라. 뭐라고 했는데?"

"거, 살림 쫓아오는지 봐라, 이랬대. 이 세상에서 제일 무서운 게 살림이란다."

이런 이야기도 했다.

"옛날에 한 거지가 있었는데, 먹고살기가 여간 힘들지 않더래. 한 날은 죽으려고 연못에 뛰어들었대. 그랬더니 어떻게 된 줄 아나?"

"어떻게 됐어?"

"갑자기 연못 속에서 큰 손이 나오더니 거지를 냅다 밖으로 내동댕이치면서 벽력같이 소리를 지르더래. 니가 먹어야 할 쉰밥 서른 가마는 누가 다 먹으라고 죽으려 하느냐? 그거 다 먹을 때까지는 마음대로 죽지도 못한다는 거야."

할머니가 들려준 거지 이야기가 이상하게도 뇌리에 박혀서 힘든 일이 있을 때마다 생각났다.

'니가 먹어야 할 쉰 밥 서른 가마, 그걸 다 먹을 때까지는 죽을 수 없다.'

사는 것이 내가 해치워야 할 숙제를 하거나 혹은 갚아야 할 부채를 갚는 과정처럼 무겁게 느껴졌다.

아무리 그래도 살다 보면 행복한 순간이 있게 마련이다. 의왕에 처음으로 새집을 사서 입주할 때처럼. 낡은 18평 아파트 전세를 살다가 예쁜 택지개발지구에 새로 지은 33평 아파트로 입주하니 궁전 같았다. 아이들과 온 가족이 만장같이 넓은 안방에 이불 깔아 놓고 데굴데굴 구르며 좋아했다. 처음 한 달은 안방에서 다 같이 잠을 잤다.

새집의 흥분이 가라앉자 또다시 어둠이 몰려들었다. 남편과의 사이는 여전히 편치 않았고 학년이 올라갈수록 아이들 걱정이 더해졌다. 행복 다음에 불행, 이런 패턴은 하루 중에도 일어났다. 가족끼리 바다로 여행을 가면 가는 내내 좋다가 저녁이나 밤이 되면 이런저런 이유로 불편한 일이 생겼다. 하다못해 모임에 가려고 나름 옷 차려입고 길을 나서면 버스가 안 오거나 택시가 안 잡혀 발을 동동 굴러야 했다.

내 삶의 반복되는 패턴을 인지하고 왜 그런지 곰곰이 느껴보니 '죄책감' 때문이었다. 언제부터 왜 생겼는지 모를 죄책감 때문에 마음 놓고 행복을 받아들일 수 없었다. 나는 행복하려면 반드시 값을 치러야 한다는 이해 못 할 논리가 나를 지배하고 있었다. 심지어 불행이라는 대가를 주어야 내가 존재할 수 있다는 암묵적 약속이 내 안에 있었다.

그것은 분명 미움이었다. 타인을 향하기보다 나 자신을 향한 미움이었다. 하지만 내가 미움받으려면 먼저 타인을 괴롭혀야 하니 결국 나 자신과 타인을 동시에 향하고 있는 양날의 검 같은 미움이었다.

영화 〈아메리칸 패스토럴〉을 보고 그 마음이 얼마나 이기적인지 깨달았다. 미인대회에서 1등 한 어머니와 스포츠 스타였던 아버지 사이에 태어난 주인공은 못생긴 데다 말까지 더듬었다. 성장해서는 과격한 정치운동에 연루되어 우체국을 폭파시켰고 사망 사고가 일어나자 경찰을 피해 집을 떠났다. 가정의 행복은 파괴되었고, 아버지는 백방으로 딸을 찾아다녔다. 몇 년 후 다시 찾은 딸은 완전히 망가진 채 체념의 나날을 살고 있었다. 아버지는 딸을 만나러 매일 찾아갔지만, 끝내 만나지 못하고 세상을 떠났다.

출생 배경이나 성장 과정을 보면 주인공은 그런 삶을 살 이유가 전혀 없었다. 축복받으며 행복하게 살 수 있는 모든 조건을 갖추었다. 그런데도 스스로를 망가뜨리고 가정을 무너뜨렸다. 왜 그렇게 살 수밖에 없었을까? 사춘기 무렵 주인공은 아빠의 사랑을 받고 싶은 마음에 엄마가 아빠에게 하듯 여자의 몸짓을 했다. 당황한 아빠는 딸을 물리치며 그만하라고 소리를 질렀다. 영화를 보면서는, 주인공이 자기 파괴적으로 살게 된 이유가 애정 결핍과 죄책감 때문이라고 생각했다.

그런데 글을 쓰면서 돌이켜보니, 사실 주인공의 마음 밑에는 엄마에 대한 열등감이 있었다. 아무리 애써도 엄마를 이길 수 없다는 열등감 때문에 자신과 세상에 미움을 쓰면서 살았던 것이다. 그 결과 아빠는 모든 신경을 딸에게 쏟았고 엄마는 버림받은 채 고통 속에 살아야 했다. 딸은 엄마에게 느낀 열등감을 감추고 미움을 씀으로써 엄마를 이기고 아빠를 차지한 셈이다. 매우 불행한 형태로.

만약 딸이 엄마의 아름다움을 인정하고 부족한 자신을 받아들였다면 영화의 전개가 완전히 달라졌을 것이다. 엄마를 엄마로 받아들였을 것이고 결코 아빠를 놓고 경쟁하는 상대로 느끼지 않았을 것이다. 자기를 망가뜨리지 않았을 것이고 부모님의 사랑 속에 성장하며 자신의 우월함을 발견하고 멋진 인생을 살 았을 것이다.

'이거였구나, 열등감.'

내가 죄책감을 붙잡고 미움을 쓰며 살아온 지난 세월을 관 통하는 마음이 열등감이었음을 비로소 알게 되자 고개가 끄덕 여졌다.

할머니와 어머니, 언니와 나. 네 명의 여자 중에 막내인 나는 제일 부족할 수밖에 없는 위치였다. 바로 위 언니만 봐도 그렇 다. 언니가 사방으로 뛰어다닐 때 나는 갓 태어나 꼼짝도 못 하 고 누워만 있어야 했으니, 당연한 일이었다.

근데, 할머니와 어머니와 언니를 겉으로는 따르는 척하면서 무시하고 평가하고 미워했다. 스무 살 넘기 무섭게 밖으로 나 돌고 감옥까지 가면서 그것이 얼마나 다른 사람을 괴롭히는 이 기적인 행위인지 몰랐다.

〈아메리칸 페스토럴〉의 아빠처럼 드러내지는 않았지만 내 아버지도 속이 까맣게 타도록 걱정했을까? 나도 할머니, 어머 니, 언니를 제치고 아버지 관심을 독차지했을까? 그래서 아버 지를 빼앗았을까? 모르긴 몰라도 그런 딸을 걱정하지 않을 부모는 없을 것이다. 아이들을 키우며 여러 차례 살이 마르는 고통을 느꼈으면서도 내 모습을 보지 못했다.

너무 창피하고 부끄럽고 수치스럽다.

'죄송해요. 이 세상에 낳아 주셨는데, 이렇게밖에 못 살아서 죄송해요. 제가 너무 못나서 죄송해요.'

사죄하고 싶지만, 이제 부모님은 세상에 없다.

열등감, 제대로 느끼고, 내 존재를 있는 그대로 받아들이며
가족과 세상과 사람에 대한 감사를 느끼는 것,
이것이 내 자존감의 시작이다.

나,
있는 그대로

어머니 살아 있을 때,
참았던 말을 하고 따지고 부딪쳐서
"미안하다." 한마디 들었어야 했다.
한바탕 끌어안고 울기라도 해야 했다.

어머니에게 제일 듣고 싶은 말이 있었다.

"미안해."라는 말.

고등학교 시절 아침마다 어머니에게 차비 달라고 말하는 것이 큰 곤욕이었다. 어느 날인가는 눈치를 보다 어렵게 말했는데, 어머니 입에서 나온 한마디.

"돈 없다. 걸어가라."

면목동에서 광화문까지는 버스를 타고도 1시간이 더 걸리는 거리였다.

기가 막히고 화가 났다. 분명 화가 났었다. 그런데 화난 줄을 몰랐다. 그냥 힘들고 기운이 없어, 배가 고파 그런 줄 알았다. 어머니는 날마다 밥을 했지만 나는 날마다 배가 고팠다. 배고프다는 말도 어머니에게 할 수 없었다.

고등학교 마치고 대학에 들어가서도 배가 고팠다. 버스를 갈아타고 2시간여 만에 학교 앞에 도착하면 강의실까지 2~30분을 걸어가야 했다. 가까스로 건물에 도착하면 진이 빠져 여학생 휴게실에 들어가 누웠다.

노동운동한다고 공장 다닐 때도 배가 고팠다. 보릿고개가 있는 시절도 아닌데 다리가 휘청거릴 정도로 배가 고팠다.

직장 다니면서 물리적인 배고픔은 면했지만, 음식 앞에서 수치스러웠다. 된장국에 김치, 칼국수나 잔치국수, 김치찌개, 삼겹살 정도는 그래도 편히 먹을 수 있었다. 그 이상 고급스러운 음식이 나오면 얼른 먹어치우고 그 자리를 면해야 할 것만 같았다.

정치인 책 써 주며 호텔 레스토랑 같은 곳에서 식사할 때 특히 그랬다. 너무 신경 쓰이고 불편해서, 맛도 모르고 급하게 조금 먹고 나서 속이 안 좋다고 했다. 어떤 때는 진땀이 나고, 머릿속으로 온갖 생각들이 지나갔다.

그래서인지 가정주부가 되어서도 음식 만드는 것을 좋아하지 않았다. 집에 손님이 오면 사람이 반갑기보다 음식 해 먹일 일이 부담스러웠다. 음식은 나를 고통스럽게 하고 수치스럽게 하는 존재였다.

어머니 살아 있을 때, 참았던 말을 하고 따지고 부딪쳐서 "미안하다." 한마디 들었어야 했다. 한바탕 끌어안고 울기라도 해야 했다. '엄마 고생하는데 나까지 힘들게 할 수 없다'며 입 꾹 다물고 있다가, 걸핏하면 엉뚱한 일로 신경질 부리는 게 고작이었다. 시집살이하는 며느리가 참고 참다 너무나 사소한 일로 감정이 폭발해서 결국 자기만 이상한 사람이 되고 마는 것처럼. 그렇게 제대로 화 한 번 못 내 보고 얻은 별명이 '사납쟁이'였다. 신경이 곤두서 있어 톡톡 쏘아붙인다고, 어머니가 붙여 준 별명이었다.

어머니와의 앙금을 풀지 않고는 자존감이고 자기 사랑이고 내 인생 사랑하기고, 무엇보다 나를 있는 그대로 받아들이기란 틀린 일이었다. 어머니는 이 세상에 없지만 속이라도 시원하게 한번 말해 봐야겠다.

"엄마, 차비 줘."

"없다, 걸어가라."

"엄마, 여기서 학교까지 어떻게 걸어가? 엄마 미쳤어?"

"나도 모르겠다."

"못 걸어가. 차비 줘."

"돈 없대두."

"그럼 어떡해? 몰라, 돈 줘! 얼른 줘. 늦었어."

"…"

"얼른 달라니까. 그리고 도시락 반찬은 왜 맨날 김치만 싸 줘? 창피해 죽겠어."

"돈이 없는데, 어떡하니?"

"몰라. 그리고 나도 다른 애들처럼 달걀 프라이도 싸 주고,

햄도 싸 줘."

"…"

"정말 창피해. 학교 가기 싫어. 신발 바닥은 맨날 떨어져서 너덜대잖아. 신발 사 줘."

"…"

"왜 아무 말도 안 해? 그리고 나두 용돈 줘. 배고프단 말이야. 애들은 쉬는 시간에 매점 가서 빵 사 먹고 우유 사 먹는데, 나는 쫄쫄 굶고. 이게 뭐야? 짜증 나, 정말."

"…"

"나 학교 가기 싫어. 배고프고 창피해. 대학도 안 갈래. 돈도 없으면서 무슨 대학 타령이야?"

"…"

"진짜 말 좀 해 봐. 나 왜 낳았어? 이렇게 고생시키려고 낳았어? 살기도 싫다구."

"…"

"그래 놓고 왜 나한테 미안하다고도 안 해? 차비도 못 주면서. 밥도 제대로 못 주면서."

"그거야…."

"그거야 뭐?"

"그거야… 너무…."

"너무 뭐?"

"너무… 미안해서 그러지. 엄마가 너무 미안해서 차마… 미안하다는 말도 못 하겠어."

"흥, 미안하긴 한가 보네."

"미안하지, 우리 딸한테. 너무 미안하지."

"…"

"미안해, 창피하게 하고 배고프게 해서 미안해. 엄마가 못나서 미안해."

집에서 기르는 고양이 생각이 난다. 생후 2개월, 집에 데려온 지 얼마 안 되었을 때 온 식구가 외출했다가 저녁 7시에 돌아와 밥을 주었다. 배가 고팠는지 고양이 눈에 눈물이 고여 있었다. 밥을 주자 허겁지겁 먹으며 자꾸 울먹울먹했다. 그 모습에 가슴이 아려 그 후로는 제때 밥을 먹을 수 있도록 밖에 나갈 때는 마지막 나가는 사람이 그릇에 먹이를 담아 주고 나가기로 했다.

새끼고양이 한 마리도 제대로 먹이지 못하면 가슴이 아린데, 사람의 자식이야 오죽할까. 자식을 배고프게 하면서 어머니는 밥이 목에 넘어갔을까. 어쩌면 어머니는 끼니를 거르고 나보다 더 배가 고팠을지도 모른다. 돈 버는 사람이 없는데, 나는 한 끼도 굶은 적이 없었다. 김치 반찬 하나일지언정 도시락을 못 싸 간 날은 없었다.

내 배고픈 생각만 했지, 어머니도 배고프리란 생각은 왜 못 했을까? 내 안의 새카맣게 마른 아기는 엄마가 제때 와서 젖 물리지 않는다고 원한에 가까운 미움을 쌓았다. 먼저 울면 달려와 퉁퉁 불은 젖을 물렸을 텐데, 왜 울지 않았을까? 울 때가 지났는데 울지 않는 아기, 시어머니 눈치가 보여 젖 물린다고 일손을 놓을 수도 없고, 어머니는 얼마나 마음을 졸였을까?

아기는 아기답고 어른은 어른답고 상사는 상사답고 부하는 부하다운 것이 순리라고 했다. 내 모든 불행의 시작은 순리에 반해, 즉 역리로 산 것에서 비롯되었음을 이제야 알겠다. 나는 아기이니 아기답게 배고프면 울고, 싫으면 싫다고 떼를 썼어야 했다. 나는 아기임을 인정했어야 했다. 그랬다면 어머니도 나를 품에 안고 수도 없이 속삭였을 것이다.

"우리 아가, 배고파? 우리 아가, 엄마가 미안해."

그랬다면 그때 표현하지 못한 마음이 미움이 되어 나를 이토록 왜곡되이 살게 하지 않았을 것이다. 그랬다면 나도 어머니의 고통을 조금은 이해하지 않았을까? 작은 손으로 어머니 볼이라도 쓰다듬으며 위로의 말을 건네지 않았을까?

"아니야, 엄마, 괜찮아. 엄마도 배고프지? 엄마도 힘들지?"

미처 표현 못 한 말들이, 아직 내 안에서 인정받지 못한 마음들이 계속 문을 두드린다. 괜찮다고, 아무리 못나도, 아무리 쓸모없어도, 아무리 화를 내고, 아무리 미워해도 다 괜찮다고.

그냥 있는 그대로 받아들이고
있는 그대로 드러내라고.
엄마와 세상을 믿어 보라고.

나 때문이
아니다

아버지에게는 아버지의 삶이 있고
어머니에게도, 할머니에게도,
언니 오빠들에게도 각자의 삶이 있다.
그분들은 그저 그분들의 삶을 살았을 뿐이고
거기에 '나 때문'이란 없다.

어젯밤, 일을 마치고 돌아온 딸이 엄마 어렸을 때 이야기가 듣고 싶다고 했다.

"어렸을 때?"

안암동 집이 떠올랐다.

"엄마 옛날에 안암동에 살았다고 했잖아? 마당이 넓은 한옥이었거든. 마당 가장자리에 높고 낮은 바위들이 빙 둘러 있고 사이사이 철쭉이랑 키 작은 나무들이 있었어. 봄이 되면 철쭉이 피었지.

마당 한쪽에는 꽃밭이 있었어. 아침에는 나팔꽃이 피고 낮에는 채송화랑 맨드라미랑, 왜 우리나라 전통 꽃들 있잖아, 그런 꽃들이 피고. 그래, 저녁 해가 기울어갈 무렵에는 연한 보라색 분꽃이 피었어. 분꽃 따서 입에 물고 불면 '피피' 소리 난다? 아, 샐비어도 있었어. 샐비어 꽃을 쪽쪽 빨면 달콤한 물이 나와.

다른 한쪽에는 빨랫줄이 있었어. 햇빛 좋은 날에는 엄마가 빨래를 널었지. 햇빛에 말리면 얼마나 좋은 냄새가 나는지 알아? 우리 과천 살 때도 1층 잔디밭에 빨랫줄 걸고 자주 널었어. 빨래 걷으면서 흠흠 냄새 맡으면 햇빛 냄새가 나지.

엄마가 이불 홑청 걸으면 나랑 둘이 마주 잡고 밀었다 당겼다 하면서 주름 펴고 다듬이질도 했어. 한번은 다듬이질을 신나게 했는데, 나중에 보니까 빵꾸 났더라."

"엄마, 그때 좋았어?"

"좋았지."

"엄마가 좋았던 때가 있다고 하니까 너무 좋아. 또 해 줘."

"음, 한동안 할머니가 용인에서 농사지으며 사셨거든. 주말에는 아버지랑 용인에 가다가 수원에 들러 갈비도 먹었어. 수원갈비가 아주 유명했거든. 아버지는 수원에서도 제일 맛있는 집만 다니셨어."

"그랬구나. 외할아버지는 어떤 분이셨어?"

"멋쟁이셨지. 머리 좋고 판단력 빠르고 아이디어 많고 추진력 있고. 어릴 때 아버지가 볼에 뽀뽀하면 내가 자꾸 닦았나 봐. 그 모습 보려고 자꾸 뽀뽀하고 웃으시던 생각이 나네."

아버지 생각에 가슴이 뭉클했다. 딸이 물었다.

"엄마, 그때로 돌아가고 싶어?"

"그때로?"

그런 생각은 하지 못했다. 고등학교 시절 전과 후로 확연히 갈라지는 내 삶에서 '전'은 없고, 오직 '후'만 있는 것 같았다. 마음공부 하고 글을 쓰면서 점점 '후'의 빛깔이 흐려지고 '전'이 제 색깔을 찾아가고 있었다.

딸이 잠자리로 돌아간 후 늦은 밤까지 잠을 이루지 못했다.

'그때로 돌아가고 싶은가?'

문득 가슴 미어지게 돌아가고 싶은 욕구가 올라왔다. 그때로 돌아가고 싶었다. 평생 방치되었다고 미워했던 그 시절에, 가족이 있었고 행복이 있었다. 밝고 환한 세상, 마당이 있고 꽃이 있고 바람에 색색의 빨래가 나부끼고, 어머니와 언니 오빠들과 아버지와 할머니와 하하 호호 웃음소리가 들리는 세상.

미치도록 돌아가고 싶었다. 동시에 절대로 돌아갈 수 없다는 절망감이 들었다.

아버지가 일을 그만두고 나서 할머니가 입버릇처럼 하던 말이 생각났다.

"집안에 사람이 잘 들어와야 하는데, 쯧쯧, 우리 대주 저렇게 된 건 다 니 엄마가 복이 없어서다. 아기도 복 있는 놈 태어나면 집안이 흥하고, 재수 없는 놈 나오면 망조 들리는 법이다."

나를 두고 하는 말이 아닌데도 듣기 싫었다. 내가 재수 없어서 집안이 망했다고 에둘러서 말하는 것 같았다. 쓸데없는 말한다고 할머니를 미워했는데, 가랑비에 옷 젖듯이 그 말이 영향을 미쳤을까? 절망감을 깊이 느끼다 보니 모든 일이 나 때문이라는 이해할 수 없는 죄책감이 올라왔다.

초등학교 때는 전교에서 제일 잘살다가 갑자기 전교에서 제일 가난해졌는데, 말은 고사하고 숨소리 한번 크게 내기 힘든 상황이 되었는데, 왜 그런지 아무도 설명해 주지 않았다.

누구를 붙잡고 물어볼 수도 없었다.

"무슨 일이야? 우리 집이 왜 이렇게 되었어?"

묻지 못했다. 왜 묻지 못했을까?

할머니 말처럼 만에 하나 "너 때문이야. 니가 재수 없는 아이라서 그래." 이런 말이라도 들을까 봐 그랬을까?

머리로는 아니라고, 그럴 리 없다고 생각하지만, 마음에서는 나 때문이라는 자책감이 심하게 올라왔다. 나 때문에 집안이 망했는데, 어떻게 다시 돌아갈 꿈을 꾸냐고, 나 같은 건 평생 벌이나 받아야 한다고.

부모가 이혼하면 아이들이 대개 자기 때문이라고 느낀다는 말을 들었다. 아이들이 참 이상하다고 생각했는데, 정작 내 마음 깊은 곳에서 모든 것이 나 때문이라 느끼고 있었다. 태어나지 말았어야 할 내가 태어나 아버지가 망하고 어머니는 고생하고 언니 오빠는 뿔뿔이 흩어졌다고 믿고 있었다.

그래서였을까. 살면서 늘 지상에 내 자리는 바늘 끝만큼도 없는 것 같았다. 어디 있으나 내가 있을 곳이 아닌 것 같았다. 이 마음의 뿌리는 언제부터일까. 어쩌면 어머니 배 속에서부터, 시집살이에 시달리며 임신으로 더 힘들었을 태아 시절부터 싹텄을지도 모른다.

아니, 어머니 어릴 때부터 시작되었는지도 모른다. 큰아들이 아닌 큰딸로 태어나 아버지가 첩에게서 큰아들을 낳는 것을 목도하면서, 자기 때문에 어머니가 버림받았다는 죄책감을 갖게 되었을 것이다. 내 어머니의 어머니, 혹은 그 어머니의 어머니도 여자라서, 쓸모없는 존재라서 대대로 죄책감을 짊어지고 살아온 것이 우리 집안 여자들의 운명 아닐까.

그렇다면 내 딸에게도 죄책감의 피가 물려졌을 것이다. 딸을 가졌을 때가 큰아들이 겨우 3개월 지났을 무렵이었다. 남편이 언제 복직될지 알 수 없는 상황에서 또 아이를 가지게 되어 낙담했다. 둘째는 복직된 후 가질 예정이었다.

'돈도 없는데 낳아야 하나, 말아야 하나?' 고민했다. 시어머니도, 친정어머니도 하늘이 주신 생명을 함부로 하는 게 아니라고 했다. 아이를 낳기로 결심했지만, 마음이 무거웠다. 햇빛도 잘 안 들어오는 지하방에서 연달아 아이만 낳는 내가 한심했다. 열 달 내내 편치 않았다.

죄책감이 되물림된다는 걸 알았다면 임신 기간에 좀 더 마음을 편히 가졌을 텐데, 딸도 나를 닮았다. 작은 일에도 자기 탓을 하고 힘들어한다. 딸을 보면 죄책감이라는 것이 얼마나 근 거 없는 것인지 알게 된다. 분명 딸 때문이 아닌데 눈치 보고 조심한다.

나도 그랬다. 집안이 망한 것이 나 때문일 리가 없는데 눈치 보고 조심하고 아예 입을 닫았다. 어머니가 시집살이하는 게 배 속의 나 때문이 아닌데 죽은 듯이 있었고, 배가 아무리 고파 도 울지 못했다. 나 때문인 게 너무 진짜 같았다.

내 삶의 고통을 더 이상 되물림하고 싶지 않다. 나를 위해, 나의 딸과 아들을 위해 다짐해 본다.

"그 무엇도 나 때문이 아니야!"

"그 무엇도 내 잘못이 아니야!"

아버지에게는 아버지의 삶이 있고 어머니에게도, 할머니에 게도, 언니 오빠들에게도 각자의 삶이 있다. 그분들은 그저 그 분들의 삶을 살았을 뿐이고 거기에 '나 때문'이란 없다.

얽히고설킨 인연과 집착, 나 때문에 망가졌으니
어떻게든 내가 되돌리겠다는 망상적인 집착을 내려놓고
나 또한 그저 나의 삶을 살 뿐이다.

못나도, 잘나도
괜찮아

열등감을 깊이 느끼다 보면
어느 순간 마음이 평온해진다.
'그래, 열등하면 어때. 내 존재가 이렇게 감사한데.
이 세상에 있는 것만 해도 얼마나 큰 축복인데.'

살면서 사람을 존경할 줄 몰랐던 내가 지리산에서 마음공부 하면서 존경심에 눈물 흘린 적이 있었다. 숙소를 신축할 때였다. 경찰관 퇴직한 분이 건물 설계할 때 아이디어를 많이 냈는데, 건설 중에 다른 곳에 갔다가 완공 단계에 돌아와서 보고는 화를 냈다. 본인의 구상과 달라 실망했던 것이다. 그분이 없는 동안 젊은 친구 몇몇이 여기저기 다녀보고 중지를 모아 설계를 변경했기 때문이다.

쉽게 화를 가라앉히지 못하는 그분을 보며 다들 노심초사했다. 비슷한 연배인 내가 다가가 조심스레 말을 꺼냈다.

"많이 서운하셨어요? 그래도 어떻게 하겠어요, 이제 거의 완공 단계인데요. 그냥 받아주시면 안 될까요?"

언성을 높이리라 예상했던 내게 뜻밖의 대답이 돌아왔다.

"제가 부족한 거 저도 알지요. 젊은 사람들이 저보다 공부도 많이 했고 보고 배운 것도 많으니 잘했더군요."

"근데 왜?"

"못난 놈이 인정하기 싫어 성질 부려 본 거지요, 뭐." 하며 고개 숙이는 그분을 바라보는데, 가슴 깊은 곳에서 무엇인가 치밀어오르더니 눈물이 터져 나왔다.

그분이 어떻게 살아왔으며 얼마나 열심히 일해 왔는지, 얼마나 자존심이 세고 높은지 알고 있었다. 그런 분이 갑자기 자기보다 한참 후배인 젊은 사람들에게 자신을 꺾으며 자신의 부족함을 인정하는 순간 알 수 없는 감동이 솟구쳤다.

자신의 부족함, 열등한 상황을 있는 그대로 받아들일 때 사람이 얼마나 멋있고 존경스러워지는지, 얼마나 다른 사람에게 감동을 주는지, 그 자체로 얼마나 힘이 있는지, 얼마나 우월한 존재로 보이는지 알게 된 순간이었다.

최근 베트남 국민 영웅이 된 박항서 축구감독이나 제2의 전성기를 맞이한 개그우먼 이영자 같은 분들도 마찬가지다. 굴곡진 경험 속에서 자신의 모습과 한계를 그대로 받아들인 것으로부터 그들의 우월함이 나왔다고 생각한다.

흔히 학벌 좋고 돈 많고 예쁘고 높은 자리에 있으면 우월하다고 말하지만, 그런 조건을 다 갖추고도 존경받지 못하는 사람들이 우리 사회에 얼마나 많은가. 즉, 우월함은 객관적인 조건에서 나오는 것이 아니라는 말이다.

내 경우에는 열등감과 우월감, 둘 중 어느 것도 인정하지 못하고 둘 사이를 줄타기하며 살아왔다. 너무 열등해도 안 되고 너무 튀어도 안 되고, 적당한 선에서 열등한 척했다 유능한 척했다. 너무 무시당하지 않고 너무 질투를 사지도 않게.

가식을 쓰고 살았다는 것이 정확한 표현일 것이다. 겉으로는 못난 척하며 속으로는 다 무시하고, 재능을 쓸 때는 혹여 누가 잘난 척한다고 비난할까 봐 무서워 제대로 내세우지 못했다.

살면서 제일 열등감을 느낀 것이 다섯 가지다. 첫째 여자라는 것, 둘째 못생겼다는 것, 셋째 돈이 없는 것, 넷째 대학 졸업을 못 한 것. 다섯째 방치되고 버림받았다는 것.
이렇게 글로 쓰고 보니 열등감보다 수치심이 먼저 올라온다. 너무 창피하고 열등감 느끼기가 죽기보다 싫다.

아이들 키울 때도 방황하는 모습을 보이면 내 체면에 금이라도 갈까 봐 두려워했다. 돌이켜보면 너무 마음 아프고 미안하기만 하다. 아이들에게도, 나 자신에게도. 열등감을 느끼려 해도 자꾸 잊어먹고 피하게 되니 아예 글로 못 박아 놔야 할까 보다.

"열등감 느끼겠습니다. 열등감 안 느끼려고, 체면 지키려고 아이들을 집착으로 키웠습니다. 잘 돼서 엄마 자랑거리 되라고 몰아붙였습니다. 네 꿈이 무엇이냐고 묻지 않았습니다. 무조건 좋은 대학 가면 잘살 거라고 거짓말했습니다. 이를 악물고 내 열등감 느끼고, 아이들이 자유롭게 살도록 집착 내려놓겠습니다."

몸부림치는 내 깊은 곳에서 작은 목소리가 들려온다.
"괜찮아, 느껴 주기만 하면 돼. 너는 못나지도, 잘나지도 않았어. 못난 것도, 잘난 것도 그냥 느껴 주기만 하면 돼."

열등감을 깊이 느끼다 보면 어느 순간 마음이 평온해진다.
'그래, 열등하면 어때. 내 존재가 이렇게 감사한데. 이 세상에 있는 것만 해도 얼마나 큰 축복인데. 내가 아무리 못났어도 부모님 자식이잖아. 아무리 부족해도 부모님이 이 세상에 나를 보낸 이유가 있을 거야. 내가 이 세상에 존재해야 하는 이유가 있을 거야.'

우리 고양이 코코는 길고양이 출신에, 날 때부터 꼬리 끝이 꺾여 뭉툭하다. 게으르긴 또 얼마나 게으른지, 밥때나 되어야 어슬렁거리며 나와서 밥만 먹고는 바로 가서 잔다. 기껏 털을 빗겨 주면 꼭 물고, 뒤끝도 있다. 언젠가 화초를 물어뜯어서 야단쳤더니 부엌에 냄새나는 낯선 덩어리를 선물한 적도 있었고, 창

틀이나 침대 헤드 뒤 같은 청소 어려운 곳에 토해 놓기도 했다.

사람이라면 열등감에 빠지거나 미움받기 딱 좋은 조건이지만, 코코는 아랑곳없다. 생김새와 출신이 어떻든, 태도와 행동이 어떻든 사랑받을 수 있다는 확신이라도 가진 것일까? 사람들이 자기를 좋아하건 싫어하건 상관하지 않고 자기 삶에 충실한 걸까?

그런 코코가 참 부러울 때가 있다. 비교할 줄 모르고, 눈치 보지 않고, 불평까지 해대는 자신감이 나에게는 없는 미덕이다. 얄미운데도 존재 자체로 사랑스럽다.

나에게 다가온 모든 존재는

가르침을 주기 위한 우주의 선물이라 했다.

앞으로의 시간은 고양이 코코를 따라

잘난 나도, 못난 나도 있는 그대로 받아들이고

민폐도 끼치면서 염치없게 살아보련다.

● ● ●

미처 표현 못 한 말들이,
아직 내 안에서 인정받지 못한 마음들이
계속 문을 두드린다.

괜찮다고, 아무리 못나도,
아무리 쓸모없어도,
아무리 화를 내고,
아무리 미워해도 다 괜찮다고.

그냥 있는 그대로 받아들이고
있는 그대로 드러내라고.

5장

행복해지기로 결심했다

미움을
내려놓다

미움을 내려놓는다는 것, 그것은
자기감정을 솔직히 느끼고, 표현하고,
스스로를 존중하는 것이며,
그래야 상대를 이해하고 존중할 수 있음을
알아 가고 있다.

밖에 나갔던 남편이 돌아와 말했다.

"여자들은 참 이상해."

"뭐가?"

"왜 추운 겨울에 짧은 치마를 입지?"

"예쁘라고 입지."

"안 춥나?"

"추워도 참아야지."

"그래? 아까 버스 정류장에서 한 아가씨를 봤는데, 치마가 요기까지밖에 안 오는 거야. 근데 예쁘긴 하더라."

남편은 치마 길이까지 흉내 내며 말했다. 속에서 질투가 부글거렸다. 옛날 같으면 질투가 올라온 줄도 몰랐겠지만, 이제는 나도 웬만큼 감정을 느낄 줄 아는 사람이 되었다.

옛날 같으면 알았어도 참았겠지만, 이제는 천만에다. 당장 한마디 쏘아붙였다.

"그렇게 예쁘면 데리고 살던지."

남편은 빙긋 웃었다. 나를 놀린 것이었다.

지금에 와서 보니 남편은 장난기 많은 사람이었다. 내가 어떻게 하나 보려고 자꾸 짓궂은 농담을 던졌는데, 나는 표현하지 않고 참으며 속으로 질투하고 미워했다. 특히 '질투'는 나와는 전혀 상관없는 감정인 줄 알았다. 예쁘게 몸단장하고 시기하고 질투하는 것은 '여자들이나' 하는 짓이라 여겼다. 나는 여자가 아니니까.

　내 안에 미치도록 여자가 되고 싶은 마음, 여자가 되어 사랑받고 싶은 마음이 있음을 알았다. 요즘은 화장도 하고 립스틱도 빨갛게 발라 본다. 남편이 질투를 일으키면 질투 난다고 대꾸해 준다. 그런 게 사는 재미 아닌가.

　며칠 전에는 지금 사는 동네에 아파트를 샀다. 의왕 집을 판후에는 내 집은 전세 주고 나도 전세를 살았다. 나에게 집은 그저 재산을 불리는 수단이었다. 마지막 남은 과천 집을 10월에 팔고 투자처를 찾고 있었는데, 집주인이 갑자기 집을 판다며 비워 달라고 했다.
　전세를 알아보던 중, 남편이 집을 사자고 했다. 죽을 때까지 살 집을 그냥 사자고 했다. 호재가 별로 없는 지역이었다. 순간 머리가 돌아가 망설였지만 동의했다.

　집값이 잘 오르지 않는다뿐이지 좋은 동네였다. 택지개발지구라 구조도 괜찮고 조경이 아름다웠다. 야트막한 야산이 감싸

안고, 작은 하천 양쪽으로 산책로가 길게 이어져 계절마다 개나리, 벚꽃, 철쭉, 이름 모를 들꽃들이 피었다. 파출소 옆 공원에서는 해바라기, 코스모스 등 해마다 주제를 정해 꽃잔치를 했다. 산책 삼아 다녀보면 어느 계절, 어느 날이고 아름답지 않은 때가 없었다. 혼자 감탄하며 사진도 찍고 만족스러워했다. 지하철은 버스 타고 10분 정도 가야 하지만, 버스 노선이 좋아 강북 먼 곳 아니면 서울도 1시간 남짓이면 갈 수 있었다.

그래도 아직껏 집을 살 생각은 해 본 적이 없었다. 남편이 말하지 않았다면 분명 다시 전세를 살았을 것이다.

운동 다니면서 좋다고 생각한 집이 마침 매물로 나왔다. 부동산에 앉아 집주인과의 통화를 기다리며 신문을 보는데, 워렌 버핏 기사가 있었다. 전 재산이 99조 원에 이르는 버핏은 60년째 한집에서 사는데, 시가가 우리 돈으로 7억 원 정도라고 했다. 왜 더 좋은 집으로 가지 않느냐는 질문에 "더 좋은 집에 산다고 더 행복해질 것 같지 않아서."라고 대답했다고 한다. 핸드폰도 스마트폰이 아닌 구형 폰을 쓴다고 했다.

"워렌 버핏도 우리와 같네. 집으로 돈 벌 생각 그만하고, 죽을 때까지 마음 편히 살자."

남편이 웃으며 얘기했다.

막상 계약을 하고 내가 평생 살 집이 생겼다고 생각하니 좋았다. 아주 좋았다. 시간이 지날수록 점점 더 좋아졌다. 투자를 해서 집값이 오르고 돈이 생겼을 때와는 다른 만족감? 나도 집이라는 것을 가질 자격을 인정받았다는 자존감?

그랬다, 나 같은 건 집도 절도 없이 떠돌며 살다 죽어야 한다는 매몰찬 자기 미움이 사라지고 사랑으로 채워지는 느낌이 나를 충만하게 했다.

처음부터 인테리어를 완전히 하려고 하지 말고 조금씩 고쳐 나가자는 남편과 아예 손볼 건 다 손보고 들어가야 한다며 이런저런 실랑이를 하면서 행복했다. 사는 재미가 느껴지기 시작했다.

참고 상대에게 맞춰 주는 것이 능사가 아님을 이제야 알았다. 그것이야말로 상대를 무시하고 미워하는 것임을 알았다. 나를 피해자로 만들고 상대를 가해자로 만드는 것임을 알았다.

감정을 표현하고 밀고 당기며 순간순간 자잘한 재미를 느끼며 일상을 산다. 상대의 주장을 받아들일 때는 곧바로 나를 꺾고 진심으로 받아들이고, 내 주장을 할 때는 당당하게 한다. 남들이 들으면 무엇이 어렵냐고 할지 모르지만, 나로서는 아직도 제대로 하기가 쉽지 않다.

미움을 내려놓는다는 것, 그것은 자기감정을 솔직히 느끼고, 표현하고, 스스로를 존중하는 것이며, 그래야 상대를 이해하고 존중할 수 있음을 알아 가고 있다.

나이 환갑을 넘어 비로소 보통 사람 수준이 되어 가고 있다. 사람 꼴을 갖추어 가고 있다.

후회 없는 삶을
위하여

감정 에너지에 공명하는 것이 나의 재능이라면
앞으로 남은 인생은 그 재능으로
타인을 돕고 사랑을 주는 일을 하면서 살고 싶다.
사랑받을 때보다 사랑을 줄 때 더 행복하므로.

내 나이 올해로 63세가 되었다. 아버지가 64세에 돌아가셨고, 어머니는 82세, 할머니는 106세에 세상을 떠나셨다. 앞으로 얼마나 오래 살지는 모르지만 '어떻게' 살아야 할지 생각해 본다. '어떻게'가 빠진 삶을 더 이상 살고 싶지 않아서다.

어떻게 살까?

가장 먼저 떠오르는 건 나의 재능을 찾아서 늦게나마 다른 사람과 세상을 위해 조금이라도 도움되는 삶을 살고 싶다는 것이다. 이기적인 것이 싫어 이타적으로 살려 했는데, 그것이야 말로 이기적인 삶이었다. 이제는 가장 이기적으로 나의 행복을 추구하며 살고 싶다.

나는 언제 행복할까?

물론 사랑을 받을 때 행복하다. 좀 더 기억을 더듬어 보면 사실은 사랑을 줄 때 더 행복했음을 느낀다. 결혼 전 직장 다니면서 어머니 도와드릴 때 겉으로는 잔뜩 골이 났지만, 마음 깊은 곳에서는 좋았다. 결혼 후 살림 키워 나가면서 겉으로는 힘들었지만, 속으로는 가난한 집안의 장남 노릇 하느라 마흔 넘도록 장가도 못 간 남편과 일가를 이루는 일이 보람 있었다. 다만 내가 모르고 있었을 뿐이었다.

민주화 운동을 한 것도 나라에 나의 힘을 보태고 싶은 마음이 있어서였다. 가난한 나라를 잘살게 하고 싶었던 아버지의 꿈이 내게도 이어지고 있었다. 아버지가 뜻을 굽히지 않도록 현실의 어려움을 이겨 내고 내조한 어머니의 열정이 나에게 이어지고 있었다.

나의 재능은 무엇일까?

여러 해 전 영국으로 유학 가는 딸을 데려다줄 겸 처음으로 남편과 외국 여행을 했다. 딸은 런던에 머물고 남편과 둘이 서유럽 패키지여행을 시작했다. 런던, 파리를 지나 이탈리아 로마에 갔을 때였다.

콜로세움에 들러 가이드의 설명을 들었다.

"옛날 원형 경기장에는 하얀 모래가 깔려 있었습니다. 검투사들이 나와서 노예와 격투를 벌이다 하얀 모래가 피로 붉게 물들면, 모래를 걷고 다시 깔았지요."

설명이 끝나고 30여 분간 주어진 개인 관광 시간. 콜로세움을 정면에서 무심히 바라보는데, 갑자기 눈물이 쏟아졌다. 왜 우는지 나도 모르게 자꾸 눈물이 흘렀다.

남편이 보고 놀라 물었다.

"여보, 왜 울어?"

"나도 모르겠어. 그냥 눈물이 나와."

아무리 멈추려 해도 멈춰지지 않았다. 노예들이 특별히 불쌍하다거나 하는 생각이 들지도 않았다. 그냥 눈물이 비 오듯 쏟아졌다.

30여 분이 다 지나서야 간신히 눈물이 멈추었지만, 그날 왜 그랬는지는 계속 궁금증으로 남아 있었다. 어느 날, 대금도 불고 수련도 하는 한의사분께 물었더니 이랬다.

"수련하는 사람들은 오랜 유적지에서 눈물이 터지면 비원이 이루어질 징조라 하여 좋아하지요."

'비원? 내게 비원이 있었나?'

궁금증은 더 커졌다. 며칠을 고민하다, 공학박사에 정신과학학회 회장도 하고 괴짜 소리 듣는 큰오빠에게 물어보았다.

"그거야 간단해. 파동이지. 한번 생긴 파동은 시간이 흘러도 없어지지 않거든. 콜로세움처럼 노예들의 깊은 슬픔이 깃들어 있는 곳에는 슬픔의 파동 에너지가 고여 있겠지. 그 파동에 네가 공명한 거야."

파동, 슬픔의 파동 에너지, 공명. 알아들을 듯 말 듯 궁금증은 더해 갔고, 그날 콜로세움에서 내가 왜 울었는지가 하나의 화두처럼 가슴에 새겨졌다.

아들의 소개로 마음공부를 시작하고 우리 마음이 파동 에너지임을 알고부터, 수수께끼가 풀렸다. 큰오빠 말대로 유적지뿐만 아니라 우리가 살면서 느낀 다양한 감정들이 고유한 파동에너지로 몸과 마음에 새겨져 있음을 알게 되었다. 미움이나 분노, 두려움, 수치심 같은 감정들은 사라지지 않고 에너지가 되어 차곡차곡 쌓여 있다는 것이다. 다만, 기억이 안 날 뿐.

콜로세움에 간다고 모든 사람이 울지 않는 걸 보면 사람마다 파동에의 반응이 다를 텐데, 내 경우에는 감응력이 좋았다. 너무 오랫동안 감정을 감추고 살아와 느끼지 못했지만, 천천히 느끼기 시작하고 1년, 2년… 시간이 흐를수록 나와 다른 사람의 감정을 민감하게 느낄 수 있었다.

어쩌면 이것이 내 재능인지 모른다는 생각이 들었다. 동물 커뮤니케이터 하이디를 보고 나도 하이디처럼 되고 싶다고 생각한 적이 있었다. 짐작건대 하이디는 동물의 마음을 예민하게 읽어 내는, 즉 동물의 파동을 공명해 이해하고 공감하는 능력이 뛰어날 것이다.

하이디만큼은 아니지만, 최근에는 나 역시 집에서 키우는 고양이 코코의 마음이 느껴질 때가 있다. 특히 장시간 나갔다 들어왔을 때 코코를 보면 버림받은 슬픔이 어찌나 공명하는지 몇 번이나 안고 울기도 했다. 울려고 우는 것이 아니라 걷잡을 수 없이 눈물이 나왔다.

만약 감정 에너지에 공명하는 것이 나의 재능이라면 앞으로 남은 인생은 그 재능으로 타인을 돕고 사랑을 주는 일을 하면서 살고 싶다. 사랑받을 때보다 사랑을 줄 때 더 행복하므로. 사랑을 주면 결국 그 사랑이 돌아올 것이므로.

물론 쉽지 않은 일일 것이다. 다른 사람의 감정을 제대로 공감하고 소통하려면 내 감정의 그릇이 비워져야 하는데, 육십 년 넘게 쌓아 온 미움의 때가 그릇 구석구석 눌어붙어 있어서 자꾸만 미운 짓을 하려고 하니까.

그래도 한번 해 보려 한다. 언제 기회가 주어질지, 어떤 형태로 주어질지는 모르겠지만, 감정의 그릇을 부지런히 비우면서 때를 기다리려 한다.

내가 준비되어 갈수록
하늘도 한 번쯤은 나를 써 주지 않겠는가.

사랑하는 마음이
먼저다

그때는 까맣게 몰랐고 지금은 알 것 같은 내 마음.

나는 어머니에게 사랑을 받고만 싶었다.

나이 쉰이 되어서도 철이 안 들어 사랑을 받고만 싶은데,

차마 입으로 사랑해 달라고 말하지 못해 심통을 부렸다.

우연히 TV에서 〈돌연변이〉라는 한국 영화를 보았다. 청년 백수인 주인공은 한 제약회사의 임상실험 대상자로 자원했다가 약의 부작용으로 얼굴이 생선으로 변했다. 시간이 지나면서 몸까지 생선으로 변해 갔다. 주인공을 돕기 위해 기자, 변호사, 아버지, 친구까지 노력했지만, 대기업의 힘을 이기지 못하고 보상금조차 받지 못한다. 인간으로 되돌릴 수 있는 약이 이미 개발되었다고 뒤늦게 밝혀졌는데, 주인공은 약을 거절하고 바다로 들어간다. 생선으로 살고 싶다는 말을 남기고. 얼마 후 발리에서 촬영한 영상에 반인반어의 주인공이 바닷속을 헤엄치며 나아가는 모습이 포착되는데, 그 모습이 자유롭고 편안해 보인다.

흥행에 성공했을 것 같지 않은 소박한 영화였다. 주인공은 왜 사람으로 돌아오지 않고 생선으로 살아가기를 택했을까? 자연스럽게 떠오른 의문이 내 안에서 맴돌다 '받아들임'이라는 말이 떠올랐다. 이상할지언정 남과 다른 자신을 받아들임으로써 자신에게 맞는 곳에서 순리대로 행복을 찾은 것이었다.

영화를 보면서도, 보고 난 후에도 오랫동안 내 가슴을 저리게 한 것은 그토록 극단적으로 변형된 자기 모습을 있는 그대로 인정한 주인공의 용기였다. 그것이야말로 사랑 아닐까?

어머니가 폐암에 걸려 요양원에 계실 때, 1주일에 서너 번씩 찾아갔다. 식사도 잘 못하고 진통제로 통증을 다스리는 어머니를 보면 자꾸 조바심이 났다. 어머니는 엉뚱한 얘기만 했다.

"얘, 외가에서 물려받은 땅 있잖니?"

"응, 왜?"

"그거 누구 줄까?"

벌써 몇 번째인지 몰랐다.

"엄마 마음대로 하세요."

"어떻게 할까? 나 죽은 다음에 자식들 사이에 싸움 나면 안 되니까 똑같이 나누어 줘야겠지?"

"뭐?"

코웃음이 픽 나왔다.

"엄마, 누가 들으면 큰 재산이나 되는 줄 알겠다. 재산세도 몇 푼 안 나오는 코딱지만 한 땅이잖아. 게다가 이모며 삼촌들하고 공동명의라며."

며칠 있다 들르면 또 똑같은 소리.

"아니다."

"뭐가?"

"그 땅 말이야, 큰아들 줘야겠다. 걔가 그래도 장손이잖니?"

"엄마 마음대로 하라니까."

"그럼 싸움 날까?"

"참, 엄마도. 그거 팔 수도 없고 팔아도 돈도 안 돼. 골치만 아프지."

어느 날은 갖고 싶은 마음은 추호도 없었지만 하도 약이 올라서 말해 보았다.

"엄마, 그러지 말고 그 땅 나 줘."

어머니는 정색을 하고 대답했다.

"너는 출가외인이잖니?"

기가 탁 막혔다. 집으로 돌아오는 길에 차 안에서 얼마를 울었는지 모른다.

'그래, 엄마에게 딸은 필요 없지. 아무리 잘해 줘도 엄마는 아들밖에 모르잖아. 언제 죽을지도 모르면서 그래 너 가져라, 자식 중에 네가 제일 애썼다, 이래 주면 안 되나? 줘도 안 갖는다구.'

얼마 지나지 않아 어머니는 돌아가셨고 그때 서운했던 마음은 쉬이 풀리지 않았다. 왜 그랬을까?

그때는 까맣게 몰랐고 지금은 알 것 같은 내 마음. 나는 어머니에게 사랑을 받고만 싶었다. 나이 쉰이 되어서도 철이 안 들어 사랑을 받고만 싶은데, 차마 입으로 사랑해 달라고 말하지 못해 심통을 부렸다. 더욱이 어머니가 죽을병에 걸렸다고 하니까 '사랑 한번 안 해 주더니 나를 버리겠다고?' 하는 억지 마음이 올라와 세상을 떠나시는 그 순간까지도 미움을 내려놓지 못했다.

그냥, '우리 엄마는 그런 사람이야.' 있는 그대로 받아들이고, 내가 먼저 손을 내밀고 내가 먼저 '사랑해, 우리 엄마.' 말해 드렸으면, 그런 용기를 낼 수 있었으면 지금 이 순간 이렇게 가슴이 아프지는 않았을 것이다. '엄마는 이게 틀렸어, 저게 틀렸어.' 따지고 삐지고 하는 사이에 어머니를 사랑할 기회를 영영 놓치고 말았다.

시시비비하고 옳다 그르다 따지기 좋아하는 것이 내 특기였다. 아버지에 대해서도 마찬가지였다. 가장이니 돈 많이 벌어 가족을 잘 먹고 잘살게 해야 하고, 건강해야 하고, 품이 넓어야 하고, 따뜻해야 하고…. 내게는 그런 아버지가 제대로 된 아버지인데, 우리 아버지는 그렇지 않으니까 사랑할 수도, 존경할 수도 없어서, 그래서 아버지가 등이 시퍼렇게 썩어가는 채로 눈을 감는 그 순간까지도 먼저 손을 내밀지 못했다.

아버지에게도 나는 사랑을 받고만 싶었다.

내 남편에게도, 내 아이들에게도, 세상 사람들로부터도 나는 사랑을 받고만 싶었다. 조금이 아니고 끝없이, 한두 번이 아니고 계속, 사랑을 받고만 싶었다. 그리고 그들은 이런저런 문제들이 있어 틀렸고 부족하고 잘못했으므로, 내가 있는 그대로 인정하거나 사랑을 줄 수 없는 존재였다.

그 결과 지금 내 주위에는 사람이 없다, 남편과 아이들 외에는. 그마저도 매우 불안한 관계였다가 마음공부로 참회하고 나서 조금씩 소통하면서 안정되어 가고 있다.

이것이 사랑을 받고만 싶었던 내 이야기의 결말이다.

사랑을 받고만 싶은 마음은 미움이며 결코 채워질 수 없고,
사랑하는 마음이 먼저라는 것을 젊은 날에 깊이 알았다면,
나의 이야기는 완전히 달라졌을 것이다.

믿음의 차이가
인생을 만든다

젊은 시절, 나는 유물론자였다.

재화가 생산되고 분배되는 구조가 달라지지 않고는

정의로운 세상이 만들어지지 않는다고 확신했다.

내 앞에서 마음 운운했다가는 경멸당하기 십상이었다.

며칠 전 일이었다. 애써 쓴 원고가 날아갔다. 5장의 두 번째 목차가 아무리 찾아도 없었다. 분명 매일 쓰는 폴더에 저장한 것 같은데 감쪽같이 사라졌다. 뒤지고 또 뒤져 봐도 눈에 보이지 않았다.

맥이 풀렸다. 한번 쓴 걸 다시 쓰려고 하니 생각도 안 나고 의욕도 없었다. '왜 없어졌지?' 기억을 더듬어 보니 앞으로 남은 인생은 나의 재능을 찾아 사랑을 주면서 살고 싶다는 내용을 썼다. 지금까지처럼 '열등이'가 아니라 '우월이'를 쓰면서 살고 싶다는 갈망이었다.

'아!' 섬광처럼 짚이는 것이 있었다. 수치심, 두려움이었다. 어릴 때부터 자기 입으로 자기 자랑하면 못쓴다는 말을 수없이 들었다.

특히 여자는 자기를 드러내면 안 되고 목소리가 담장을 넘으면 안 되며 잘난 여자는 남자한테 매 맞을 일밖에 없다는 이야기를 계속 들으며 자랐다. 과장되게 말해 남자 열 몫을 하는 할머니도 할아버지에게 머리채 휘어 잡힌 채 동네를 질질 끌려다니며 맞았다고 했다.

오랜 세월 반복적으로 되풀이되거나 충격적인 일을 경험하면 몸과 마음에 에너지가 많이 쌓인다더니, 내 입으로 '재능' 운운한 것이 마음에 걸린 모양이었다. 잘난 척한다고 비난받을까 무섭고 창피해 엉뚱한 곳에 써 놓고는 원고가 날아갔다고 마음 졸인 게 분명했다.

왜 없어졌는지 인지하고 다시 찬찬히 찾다 보니 역시, 전혀 생각지 못한 곳에 얌전히 숨어 있었다. '그렇지!' 복사해 제자리에 돌려놓고 나니 기분이 좋았다. 마음의 작용이었다.

젊은 시절, 나는 유물론자였다. 세상을 바꾸기 위해서는 하부구조인 경제체제부터 바뀌어야 한다고 믿었다. 재화가 생산되고 분배되는 구조가 달라지지 않고는 정의로운 세상이 만들어지지 않는다고 확신했다. 내 앞에서 누군가 유심론을 얘기하고 마음 운운했다가는 경멸당하기 십상이었다.

나이 쉰을 훨씬 넘긴 나이에 마음공부를 시작하고 나서 나의 세계관은 완전히 바뀌었다. 처음 참가한 4박 5일 프로그램에서 '마음'의 존재를 느끼고 '내가 그동안 헛살았구나.' 하는 생각이 들었다.

프로그램 참가 이틀째 되는 날이었다. 지난날을 회상하며 혼자 스토리텔링을 하다 보면 마음이 올라올 테니, 올라오는 그대로 표현하고 느껴 보라고 했다. 별로 믿어지지도, 하고 싶지도 않았지만 일단 시키는 대로 해 보았다. 그 무렵 나를 제일

힘들게 한 사람은 남편이었으니 남편과 대화하는 식으로 조곤
조곤 얘기를 풀어나갔다.

처음에는 옛날 일을 하나씩 떠올리며 말했는데, 어느 순간
갑자기 가슴이 뜨거워지면서 분노가 치솟았다. 놀랄 새도 없이
가슴 속에 쌓이고 쌓였던 분노가 화산처럼 폭발하더니 차츰 가
라앉았다.

늘 조마조마하고 답답했던 가슴이 시원해졌다. 숨이 쉬어졌
다. 신기하기도 하고 호기심도 나서 다시 시작했다. 그렇게 이
틀을 가슴에 맺힌 응어리를 풀고 밖으로 나오는데, 어쩜, 나뭇
잎이 '안녕' 인사하는 듯하고, 먼 지리산 자락에서 빨치산 하던
사람들이 다 나 같고(마침《태백산맥》을 읽다 가서 그랬는지도 모르
겠지만), 눈에서는 눈물이 줄줄 흘러내렸다. 온 세상이 처음 보
는 듯 밝고 아름답고, 모든 것이 감사했다. 마음의 존재와 마음
의 작용을 처음 느낀 순간이었다.

마음공부는 단지 마음이 변하는 것만이 아니라 마음의 표현
인 몸이 건강해지고 현실의 삶이 행복해지는 것이 그 척도라
했다. 그러고 보면 유심론과 유물론을 가르는 것은 의미가 없
다. 유심이 곧 유물이고 유물이 곧 유심이니 말이다.

4박 5일 프로그램을 마치고 집으로 돌아오니 남편이 그렇게 사랑스러워 보일 수가 없었다.

"당신, 어디 갔다 왔길래 이렇게 좋아졌어?"

평소 꼿꼿하고 조심스럽기만 하던 아내가 살가워지니 남편 눈이 휘둥그레졌다. 1주일 정도 후에는 다시 원래로 돌아갔지만, '마음'이란 것이 분명 있으며 더 알고 싶다는 열망이 생겼다. 이왕 나이도 많으니 죽을 때까지 '마음'을, '나'의 마음을 알아 가리라 결심했다.

그 후로 8년여의 세월이 흘렀다. '마음'이란 아주 오묘해서, 이것인가 하면 저것이고 저것인가 하면 또 요것이었다. 마치 생명체처럼 변신을 거듭하며 내 앞에 실체를 드러냈다 감추었다 했다.

한마디로 정의할 수 없이 그 모든 것이 결국은 마음이며, 그 모든 것이 내 안에 있음을 느꼈다. 그 모든 것이 나임을 느꼈다.

마음공부 전에는 내가 그저 '하나의 나'인 줄 알았다. 하나의 나는 못생기고 무능하고 수다는 떨지만 할 말은 못하고 남 앞에 잘 나서지도 못하는 '나 같은 거'라고 대표되는 존재였다.

중학교 3학년 올라가자 담임선생님이 불렀다.

"네가 1등으로 올라왔어. 투표할 것도 없으니 이 자리에서 정해라. 반장 할래, 부반장 할래?"

당황해 손을 휘휘 저으며 대답했다.

"아휴, 선생님, 아무것도 안 할래요."

"둘 중 하나는 해야 돼."

할 수 없이 "전 반장은 못해요. 그냥 부반장 할래요." 대답했다. '나 같은 거'는 반장은 못한다, 이 믿음으로 평생을 살았다.

민주화가 진행되면서 이런저런 시민 단체에서 일해 보지 않겠느냐, 행사 진행을 맡아 봐라 등 제의가 없지 않았지만, 그때마다 거절했다. 의왕 살 때는 아파트 단지 옆에 세우려는 실내 골프장 문제를 해결했다고 시의원 나와 보라는 말도 있었지만, 고개를 저었다.

'나 같은 거'는 좋은 집에서 못 산다.

'나 같은 거'는 돈이 많으면 안 된다.

'나 같은 거'는 좋은 엄마가 못 된다.

'나 같은 거'는 남편에게 존중 못 받는다.

'나 같은 거'는 행복하면 안 된다.

'나 같은 거'는 사랑받을 자격 없다. 줄 자격은 더더욱 없다.

'나 같은 거'는 사회활동 하면 안 된다.

끝도 없는 '나 같은 거'에 대한 믿음이 내 인생을 만들었다.

마음공부 하고서야 비로소 내 안에 '나 같은 거' 말고도 수많은 내가 있음을 알았다. 수많은 나는 주인인 나의 인정을 받지 못한 채 때로는 일도 하고 때로는 사랑도 주었으나 그늘에 숨어 짓눌려 살았다. 얼마나 내가 밉고 한심했을까? 부모님과 하늘이 주신 재능, 세상에 보탬이 될 유능함이 보석 같은 영롱함을 잃고 몸마저 나이 들어 질식해 가고 있었다.

한 부모 아래 태어나고 자란 언니는 어릴 때부터 《빨간 머리 앤》을 좋아했다. 언젠가 언니가 말했다.

"나는 앤처럼 살고 싶어."

자기 말대로, 자기 믿음대로 언니는 초중고를 거쳐 대학교 시절은 물론이고 결혼 후 시련이 있을 때조차 앤처럼 밝고 명랑하고 씩씩하게 주변 사람들과 사랑을 나누며 살아왔다. 지금은 중소기업 사장 일을 하며 자기 자랑에 주저함이 없다.

"나는 김치 잘 담가."

"내가 밑반찬 하면 맛있지."

"얘, 나는 회계 장부 한 번만 딱 보면 틀린 거 잡아낸다. 내 눈은 못 속여."

늦었지만 나도 언니처럼 내 장점과 재능을 당당하게 말하고 믿으며 제대로 살아 보고 싶다. 틀림없이 앞으로의 인생은 달라진 믿음만큼 달라져 있으리라 확신한다. 그 첫걸음이 지금처럼 남의 글이 아닌 내 글을 쓰는 것이고, 남의 이름이 아닌 내 이름으로 버지니아 울프를 번역하는 것이다. 속마음을 솔직하게 표현하고 소통함에 주저함이 없는 것이다.

이미 변화를 시작한 이 순간의 나,
변화를 거듭할 앞으로의 내가 너무 좋다.

나쁜 마음은
없다

그 순간, 그때가 요구하는 감정을 거부하지 말고
바로 그 순간, 그때 느껴 주며
인생의 파도를 즐기지 못했다.
재미라고는 없는 삶이었다.

어머니는 나를 낳으면서 이 세상을 주었다. 내가 너에게 이 세상을 주니 마음껏 한번 살아 보라고 임신과 출산의 고통을 견디고 나를 탄생시켰다. 내가 할 일이라고는 오직 감사합니다, 하면서 한껏 누리며 살아가는 것뿐이었다.

하지만 나는 그걸 몰랐다. 오히려 나는 어머니 고생시킨 죄인이니 이것도 저것도 안 된다면서 스스로를 억압하고 숨 쉬는 것조차 눈치 보며 살았다. 욕망, 그것은 내가 가지면 절대로 안 될 것이었다. 먹는 것, 입는 것, 갖고 싶은 것, 어느 것 하나 편히 욕구하고 채우면 안 된다고 믿었다. 그것이 도리라고 믿었다.

언젠가 딸과 외출했다가 카페에 가기로 했다. 도로변을 걷다가 괜찮아 보이는 카페가 있길래 말했다.

"우리 저기 가자."

딸은 길 건너 다른 카페를 보고 있었다.

"엄마, 저기가 더 나을 것 같아."

나도 모르게 말이 튀어나왔다.

"그럴까?"

서둘러 길을 건너 카페에 들어갔다. 한쪽은 길고 푹신한 소파가 있고 테이블 맞은편에는 나무 의자가 놓여 있었다. 먼저 들어간 딸이 소파에 앉았다. 나는 별생각 없이 옆 테이블의 소파에 앉았다. 딸이 말했다.

"엄마 왜 옆자리에 앉아?"

"그냥. 소파에 앉고 싶어서."

"엄마 이상해."

"왜?"

"같이 왔는데 다른 자리에 앉았잖아."

별일 아닌데 얘가 왜 이러나 싶었다.

"소파에 앉고 싶은데 네가 앉았으니까 옆에 앉았지 뭐. 왜?"

"같이 왔는데 따로 앉는 사람이 어딨어? 엄마 지금 나한테 화내고 있잖아."

"뭐라고?"

"엄마는 아까 그 카페에 가고 싶은데 여기 와서 화났잖아."

"아니야. 난 그냥 별생각 없이 옆자리에 앉은 거야."

"엄마, 잘 느껴 봐. 엄마 화났어."

처음에는 억울했다. 딸이 너무 예민하다 싶었다. 커피를 시키고 어색한 침묵이 흘렀다. 곰곰이 느껴 보니 딸의 말이 맞았다. 나는 처음 본 카페에 들어가고 싶었고, 화가 나는데 딸의 말을 거스를 수 없어 길 건너 카페에 왔고, 옆자리에 앉음으로써 화를 표현했다.

'내가 이런 식으로 살아왔구나.'

나의 욕망을 무시하고, 미움받을까 봐 드러내지 못하고, 분노를 인정하지 못하고, 우회적으로 비겁하게 표현했다. 욕망도, 두려움도, 분노도, 되갚음도 모두 인정하지 못하고 살았다. 욕망은 나쁘다는 믿음에서 출발한 어리석음이었다. 아마도 어린 시절 욕심 많은 할머니 밑에서 힘들어하던 어머니를 보며 생긴 믿음이었을 것이다.

사람에게 욕망이 없었다면 이토록 많은 성취를 이룰 수 있었을까? 편히 살고 싶고, 하늘을 날고 싶고, 따뜻하게 살고 싶고, 더 나은 사람이 되고 싶고, 모르는 세계를 탐험하고 싶고, 빨리 가고 싶고, 멀리 있는 사람과 말하고 싶고…, 수많은 욕망이 하나씩 실현되면서 인류는 발전을 거듭해 왔다.

욕망이 없는 사람은 이미 살아 있는 사람이 아니다. 욕망을 억누르고 살아온 나는 살아 있는 것이 아니었다.

두려움도 나쁜 마음이 아니다. 사람에게 두려움이 없다면 달리는 차에 뛰어들고 높은 곳에서 마구 뛰어내리고 불을 함부로 다루고…, 일일이 열거할 수 없을 만큼 많은 사건 사고가 속출할 것이다.

롤러코스터, 자이로드롭 같은 놀이기구를 타면서 즐기는 짜

릿함도 느끼지 못할 것이다. 익스트림 스포츠, 공포나 스릴러, 액션 영화가 주는 재미도 우리 삶에서 사라질 테고.

분노. 내가 제일 나쁘다고 믿은 마음이다. 화내는 건 나쁘다. 걸핏하면 화내고 소리 지른 아버지, 잔소리를 입에 달고 사는 할머니 때문에 생긴 믿음일 것이다. 나쁘다고 믿어 억제하고 또 억제했는데, 어떤 상황이나 사람으로 인해 자연스럽게 올라오는 감정이 누른다고 없어지는 것이 아니었다. 오히려 그 순간 화난 것을 인정하고 상대방에게 이러이러해서 내가 지금 화났다고 솔직하게 표현했다면 마음속에 쌓이지 않았을 것이다. 쌓이고 쌓인 분노를 은밀하게 되갚아 주느라, 들킬까 봐, 들켜서 미움받을까 봐 그렇게 조마조마하며 살았다.

되갚음. 어차피 세상에 공짜는 없다. 내가 받은 대로, 내가 준 대로 정확히 돌려받는 것이 세상 이치고 마음의 법칙이다. 이 단순한 이치를 모르고 나는 피해당하기만 하고 절대로 되갚지 않는다고 믿었으니, 그거야말로 수치다. 수치를 모르는 수치다. 사람이 철든다는 건 수치와 염치를 아는 것이라 했는데, 철들지 않은 채 한 갑자를 살았다.

나 역시 받은 대로 되갚는다는 것을 인정했다면, 수치를 느끼고 더 이상 되갚지 않으려 했을 것이고, 올라온 마음을 솔직히 표현해 서로의 마음을 공감하고 이해했을 것이다. 그것이 사랑 아닐까?

욕망이 지나치면 탐욕이라 부른다. 도를 넘은 욕망. 욕망 자체를 부정했으니 탐욕은 더더욱 인정했을 리 없는 나였다. 어린 시절 막내인 탓에 언니 옷을 물려 입고 학용품도 물려 썼다. 내 입으로 새것을 사 달라고 떼쓴 기억이 없다. 나도 새 옷 입고 싶고 새 운동화를 신고 싶고 새 크레파스 쓰고 싶었지만, 꾹 참았다.

참고 참다 보니 나만 갖고 싶고 나만 하고 싶은 '탐욕'이 잉태되어 거대하게 자랐는데도, 내 머릿속의 나는 양보할 줄 아는 착한 사람으로 왜곡되었다. 탐욕이 내 안에 있음을 받아들이기가 어려웠다.

탐욕 중에서도 제일 기피 대상이 '돈'이었다. 돈이 너무 갖고 싶었지만, 돈을 밝히는 사람은 속물이므로 아닌 척했다. 돈을 가식으로 대했다. 돈을 갖고 싶은 것이 왜 나쁜가? 돈은 내가 생산한 재화와 다른 사람이 생산한 재화를 편리하게 맞바꾸게 하는 고마운 중계자다. 사람은 돈이 연결 고리가 되어 다른 사람과 관계를 맺고, 나아가 세상과 관계를 맺고 생활을 영위

하며, 감사함을 전하고 받으며 행복을 누린다.

내가 인정 못 한 또 한 가지 마음이 '버리는 것'이었다. 버리는 것은 아주 나쁜 행위이므로 나는 절대 사람을 버리지 않는다고 믿었다. 단지 이러저러한 이유로 피할 뿐이라고 생각했다. 더욱이 자식은 결코 한 번도 버린 적이 없다고 믿었다. 마땅히 느꼈어야 할 자식의 마음을 느껴 주지 않고 이해하지도 공감하지도 않은 그 모든 순간마다 버렸음을 알지 못했다.

부모님이 그토록 애쓰며 나를 사랑해 주었지만 고아 마음으로 살았고, 내가 자식을 사랑하고 있다는 착각을 하며 오히려 고아로 만들었음을 몰랐다. 그 이유는 단 하나, 버리는 것은 나쁘다는 믿음 때문에 나 자신도 모르게 몰래 버린 것이었다.

물론 이외에도 내가 인정 못 한 마음이 무수히 많다. 질투, 집착, 누구를 죽이고 싶도록 미운 살기, 남자 유혹하고 싶은 마음, 남자고 돈이고 다 뺏어 나만 갖고 싶은 마음 등등 이른바 나쁜 마음들이 내 안에 있음을 받아들이기가 쉽지 않았다.

동시에 풍요로움, 우월함, 사랑, 이해, 공감, 소통 등등 좋은 마음들을 받아들이기란 더 어려웠다. 그만큼 자존감이 낮았다.

사람이라면 모든 감정이 다 있다. 불교에서 '백팔번뇌'라 하듯이 누구라 할 것 없이 인류 공통의 수많은 마음이 있다. 인생의 굴곡진 파노라마에서 상승기에 있다면 마음껏 우월감과 풍요로움, 베푸는 마음을 쓰고, 하강기를 지나 바닥에서는 열등감, 좌절감, 두려움 한껏 느껴 주며 돌아올 상승기를 위해 할 수 있는 일을 하며 기다리면 어떨까? 오만함이 아닌 겸허함과, 절망이 아닌 희망과 재미를 느끼면서 사람 사는 것답게 살 수 있지 않을까?

육십 넘어 삶을 돌아볼 때 가장 바보 같다고 느끼는 것이 그렇게 살지 못한 것이다. 그 순간, 그때가 요구하는 감정을 거부하지 않고 바로 그 순간, 그때 느껴 주며 인생의 파도를 즐기지 못한 것이다. 늘 앞으로의 일을 걱정하느라, 다른 사람들의 눈과 평가를 의식하느라 내가 지금 어떤 마음인지 살펴보지 못한 것이다. 그 결과는 오롯이 피해의식과 좌절과 미움이었다. 재미라고는 없는 삶이었다.

남은 인생에도 분명 굴곡이 있을 것이다. 그러나 굴곡은 있되 재미있고 행복할 것이다. 내 마음을 좋다, 나쁘다 따지지 않고 무조건 받아들일 것이기 때문이다.

그 순간을
살아갈 것이기 때문이다.

환갑 넘어
첫 인생

오늘 아침. 남편이 밥을 먹다 내 귀에 속삭였다.

"여보, 사랑해."

"나도."

"우리 로맨스 그레이네. 하하."

지난달 카드 사용 내역을 알리는 문자가 왔다. 주로 식비 지출이었는데 지지난달의 두 배가 넘는 금액이었다. 가슴이 철렁했다.

'아, 또 왜 이렇게 많이 썼냐고 하겠네.'

핸드폰을 보며 지출한 내용과 금액을 확인하고 일일이 더해 보니 맞는 금액이었다. 나 혼자를 위해 쓴 것도 아니고 3인 가족이 한 달 먹고 쓴 비용치고는 많은 액수가 아니었다. 그런데도 남편이 뭐라 할 것이 틀림없다는 생각이 들면서 조마조마했다.

문자를 들여다보며 한동안 마음 졸이다 깨달았다.

'내가 또 이러고 있네.'

그랬다. 남편은 속 좁은 남자가 아닌데 나는 번번이 남편을 못 믿었다. 내가 못 믿을수록 남편은 못 믿을 남자가 되는 줄 알면서도 자꾸 반복했다. 마음의 습관, 마음의 에너지가 얼마나 세고 무서운지, 자칫하면 휩쓸려 들어갔다.

더군다나 돈 문제에서는 남편이 나보다 돈을 더 좋아한다는 말도 안 되는 의심을 품으며 주눅이 들었다. 3년 7개월이나 집을 떠나 돈을 쓸 만큼 썼어도, 남편은 나를 기다리고 사랑으로 맞아 주었는데도 아직도 걸핏하면 남편의 사랑을 의심하는 마음이 올라왔다.

이토록 뿌리 깊은 의심은 어디에서 온 것일까? 살면서 내가 의심이 많은 사람이라고 생각해 본 일이 거의 없었다. 오히려 절대 믿음에 가까웠다. 젊은 시절 운동권에 몸담았을 때나 직장 생활을 할 때나 사소한 의심으로 마음 시끄러웠던 적이 없었다. 결혼 후에도 시부모님에 대해서나 남편에 대해 믿음으로 일관했다.

남편이 동료들과 술 먹고 늦게 온다고 하면 그러나 보다 했다. 흔한 일은 아니었지만, 시험 끝나는 주간에 선생님들과 1박 2일 여행을 다녀와도 마음 편했다. 여선생님과 카풀을 해도, 새로 들어온 젊은 여선생님 이야기를 해도 담담했다.

나보다는 남편이 의심이 많다고 느꼈다. 친구 만나거나 쇼핑하느라 조금만 늦어도 언짢은 소리를 하는 남편 때문에 힘들었다.

마음공부를 하고 감정이 점점 생기를 찾아가면서 낯선 느낌들이 올라오더니, 얼마 전인가부터 내 안에 어마어마한 '의심'이 숨어 있었음을 알게 되었다. 너무 커서 아예 표면으로 올라오지 못하고 눌리고 눌린 감정이었다.

과거를 돌아보니 어머니가 늘 의심을 받았다. 할머니는 어머니가 장에 가는 날이면 안절부절못하고 자꾸 들락거렸다.

"니 엄마 올 때가 됐는데, 왜 안 온다나?"

"할머니, 좀 가만히 계세요."

그런 할머니가 못마땅해 핀잔을 주었지만, 그래도 할머니는 잠깐을 못 참고 또 대문 밖에 나가 어머니를 기다렸다. 어머니는 땀을 흘리며 대문 안으로 들어서기 무섭게 할머니 잔소리를 들었다.

"왜 이렇게 늦게 왔냐?"

의심에 찬 눈초리를 받으면서도 어머니는 "죄송해요."만 연발할 뿐 별다른 대답을 하지 않았다.

"쌀독에 쌀이 푹 줄었던데, 장에 가서 떡 바꿔 먹었냐?"

내가 들어도 기가 막힌 의심이었다. 누가 보아도 어머니는 그럴 사람이 아니었다. 속 시원히 아니라고 말하길 바랐지만, 어머니는 말없이 부엌으로 들어가 장바구니를 정리했다.

장에 가는 날마다 반복되는 광경이었다. 어머니는 장에서 돌아올 때마다 또 시어머니가 의심할까 봐 종종걸음을 쳤을 것이다. 그러면서 시어머니는 자기를 의심하는 사람이라는 믿음이 점점 깊어졌을 것이고, 그럴수록 할머니의 의심은 커졌을 것이다.

아버지도 어머니를 의심했다. 어머니가 모처럼 여고 동창들을 만나고 들어와 늦은 저녁을 준비하면 어김없이 소리를 지르고 물대접을 던졌다. 그래도 어머니는 일절 해명하지 않고 서둘러 밥을 차리고 설거지를 하면서 분주히 움직이기만 했다.

'왜 엄마는 말을 하지 않을까?'

아무리 억울한 의심을 당해도 말 한마디 하지 않는 어머니를 이해하기 어려웠다.

살아 보니 나 역시 똑같았다. 정작 말을 꼭 해야만 할 순간에 입을 풀로 딱 붙인 듯 절대로 열리지 않았다. 특히 의심을 받을 때 그랬다. 의심을 받으면 진심으로 해명하고 설명해야 하는데, 입이 이내 붙어 버렸다.

마음공부 하고 나서, 자기가 진심으로 원하지 않는 일은 일어나지 않음을 알았다. 머리로는 싫어하는 일도 마음 깊은 곳, 잠재의식에서 원하기 때문에 일어남을 알았다. 머리로 원하는 것과 잠재의식이 원하는 것의 간극을 줄여 일치되게 해야 행복하게 살 수 있음도 알게 되었다.

그렇다면 어머니와 나는 왜 다른 사람에게 의심을 불러일으켰을까? 의심을 받으면서도 군이 설명하지 않고 상황에 끌려가면서 오히려 악화시켰을까? 왜 의심을 받고 싶어 했을까? 남편과의 대화에서 의문의 실마리가 풀렸다.

카드 지출 내역을 남편에게 가지고 가면서 남편이 화낼지도 모른다는 의심이 얼마나 이상한 망상인지 확실히 인지하고 말을 건넸다.

"여보, 카드 요금 나왔는데 좀 많아."

"그래, 얼만데?"

남편 눈을 보니 의심하는 듯한 기분이 들었지만 떨쳐 버리고, 카드 요금을 말하며 덧붙였다.

"화낼 거야?"

"화내긴. 당연히 내야지."

"좀 많잖아."

"많아도 우리가 썼으니까 내야지."

남편의 부드러운 말투에 용기 내어 말했다.

"내가 하나하나 살펴봤는데 허튼 데 쓴 건 없더라."

남편은 당연한 듯 말했다.

"우리가 돈 허투루 쓰는 사람인가?"

나의 믿음에 남편이 믿음으로 화답했다. 마음에 작은 파문이 일었다. 감사와 감동의 물결이었다. 믿음으로 대하니 나의 말투가 부드러워졌다. 다정한 말투가 나도 모르게 입에서 나왔다. 여자임을 받아들이려고 립스틱도 칠하고 애교를 부리려 해도 그때마다 어색했는데, 저절로 여성성을 쓰고 있었다.

다시 내 자리로 돌아와 스스로 놀라고 대견했다. 어쩌면 모든 비밀의 열쇠를 '여성성'이 쥐고 있지 않을까. 의심을 버리고 믿음으로 대하면 자연스럽게 여성성을 쓰게 된다. 내가 여성성을 쓰면 남편 또한 이해심 많은 능력 있는 남자가 된다.

평생 의심받으며 살았던 어머니는 여성성을 쓰지 못하고 일로써만 인정받으려 했다. 할머니는 그런 며느리를 보며 '미련한 곰'이라고 비웃었다. 어머니 자신도 표현하지는 않았지만, 할머니와 아버지를 의심했을 것이다. 내가 남편을 의심했듯이.

어머니가 의심의 고통을 벗고 믿음으로 살았다면, 시어머니가 억울한 소리를 하더라도 "아니에요, 어머니." 하면서 울먹이며 호소해 의심을 녹이고 남편에게도 여성성 한껏 쓰며 애교도 부리고 살았을 것이다. 평생 의심받으며 괴로워하지 않았을 것이다.

어머니는 아들이 아닌 딸로 태어났다는 죄책감이 컸기에 입을 딱 다문 채 스스로 의심의 굴레를 쓰고 벌을 받듯 살았고, 어머니가 쓰지 못한 여성성을 나 역시 쓰지 못했다. 여자로 태어나 여성성을 쓰지 못하는 삶이 행복할 리 없다. 사용되지 않고 쌓인 에너지가 의심을 낳고 질투와 심술을 불러일으키고,

일이나 능력, 돈으로만 사랑받으려고 수고를 하며 사는 삶이
만족스러울 리 없다.

여성성을 썼음을 알고 나니 즐거웠다. 남편이 갑자기 더 멋
있어 보였다. 남편은 평생 부모님과 동생들을 돌보고 우리 가
족을 위해 최선을 다해 살아왔다. 해직 기간에 판소리를 배워
서 복직 후에는 학생들에게 판소리를 가르쳤고, 국악당을 빌려
판소리 경창대회를 했다. 우리나라 고등학교 음악 교육에 전무
후무한 일이었다. 음악 교과서도 쓰고, 국악 교양서를 써서 국
악계의 베스트셀러가 되었고, 수능에도 인용되었다. 영화 음악
과 연극 음악을 작곡하고, 장구며 북 같은 국악기에 피아노 같
은 서양악기까지 연주한다. 젊은 시절에는 방학 때마다 대만과
일본을 오가며 비파를 배우고, 5년 동안 국악원에 다니며 국악
의 클래식인 정악 가곡을 배웠다. 글로 쓰다 보니 우리 남편 참
열심히도 살았다.

퇴직 후에는 서예를 배워 날마다 좋은 시를 붓글씨로 써서
지인들에게 보내 준다. 난초도 그리고, 얼마 전부터는 바위를
그리기 시작했다. 아이들 결혼식 때 연주해 준다고 몇 년 전부
터 매일 피아노 연습을 한다. 이따금 딸과 나를 불러 피아노 연
주를 하면 집안 가득 남편 사랑이 퍼진다.

여자인 나는 여자답게, 남자인 남편은 남자답게 서로를 인정하고 사랑하며 살아가는 법을 배우고 있다.

오늘 아침, 남편이 밥을 먹다 내 귀에 속삭였다.
"여보, 사랑해."
"나도."
"우리 로맨스 그레이네. 하하."
"호호."

뭐니뭐니해도 남자와 여자가 오순도순 사는 것이
진짜 인생의 재미이니,
우리는 이제야 제대로 된 첫 인생을 살고 있는가 한다.

미움 전공,
사랑 복수 전공

고난의 경험이 나를 미움 박사로 만들어 주었다.
현실에서 미움이 얼마나 다양한 형태로 발휘되는지
나만큼 잘 아는 사람도 드물 것이다.
부끄럽지만 내 삶의 전공은 '미움'이다.

요즘은 사는 게 재미있다. 행복하다. 살고 싶다.

물론 24시간 내내 그렇지는 않다. 크고 작은 갈등이 있고 속상하고 걱정도 되지만, 그럼에도 행복하다. 내 조건이 갑자기 달라진 게 아니다. 내 조건은 그대로이나 조건을 해석하고 느끼는 마음가짐이 달라지니 그냥 행복해졌다.

지난 일요일, 저녁에 모처럼 아들을 만나 가족 회식을 하기로 했다. 아들에게 고운 엄마 모습을 보이고 싶어 미장원에 갔다. 단발을 쳐서 여성스러운 파마를 해 달라고 했다.

미장원에 두 달 된 고양이가 있었다. 터키쉬앙고라 종이라 했다. 우리 고양이와 달리 어찌나 순하고 낯을 안 가리는지, 처음 보는 내 무릎에 앉아 쓰다듬어 주는 대로 눈을 감고 좋아했다.

부러웠다. 우리 고양이는 길고양이 출신답게 곁을 잘 안 주고 독립적이다. 특히 안기는 것을 싫어해 야옹거리며 기어이 품에서 빠져나간다. 예쁘면서도 어떤 때는 서운하고 얄밉기도 하다. 밥 먹을 때는 얼마나 당당한지, 밥 담당인 남편 옆에 가서 마치 항의하듯 야옹야옹한다. 밥때 됐는데 왜 안 주냐는 듯이. 밥 얻어먹는다고 눈치 보는 기색이라곤 없다. 자기도 의당 가족의 일원이니 밥 먹을 권리가 있다고 주장하는 듯이.

한참을 부러워하다 보니 왠지 가슴이 짠해졌다. 우리 고양이의 당당함은 그냥 얻어진 것이 아니었다. 조상 대대로 길에서 생명을 이어오면서 숱한 고난을 겪으며 얻어진 기질이었다. 놀이를 할 때 보면 민첩하고 영리했다. 야생이었다면 능숙한 솜씨로 먹잇감을 잡아 절대 배곯지 않았을 것이 틀림없다.

"엄마, 우리 코코는 집고양이 피가 한 번도 섞이지 않은 완전 토종 같아."

딸은 코코가 삶을 닮았다고 했다. 삶을 닮아 당당하고 독립적인 코코에게 그동안 애완의 대상이 되기를 주문하고 서운해한 것이 미안하게 다가왔다. 코코의 자존감에 걸맞은 관계를 맺고, 우리와 동등한 가족의 구성원으로서 존중해야겠다고 마음먹었다.

파마를 하면서 '코코의 자존감'이라는 말이 자꾸 떠올랐다. 코코의 자존감은 자기 삶을 있는 그대로 받아들임으로써 형성된 것이었다. 편안함이 아니라 고난을 이겨 내고 성취한 마음이었다.

문득 내가 코코만도 못하다는 생각이 들었다. 지난 세월은 내게 고난의 시간들이었다. 스무 살 넘어 부모로부터 10원 한 장 받지 않고 모든 것을 혼자 처리하고 감당하며 오늘까지 살아왔다. 죽고 싶었던 적이 한두 번이 아니었다. 정말 견디지 못

하겠다, 이대로 눈 감고 싶다며 절망에 몸부림치기도 했다. 그래도 주저앉지 않고, 죽지 않고 살아왔으니 분명 이겨 낸 셈이었다.

비록 그 긴 세월, 미움으로 일관했다 해도 그 속에서 얻어진 강인함이 내게 있었다. 늘 못할 것 같다가도 막상 주어진 일을 포기해 본 적은 없었다. 어떻게 보면 미움의 세월 속에 얻어진 강인함이 있었기에, 환갑 넘어 진짜 인생 살아 보겠다는 것 아니겠는가. 중단했던 일도 다시 시작하고, 꿈을 찾고 실현해 보리라 마음먹으며 용기를 낼 수 있는 것 아니겠는가.

예전에는 고등학교 이전 시절의 나는 잘살았고 그 이후의 나는 못살았다고 믿었다. 글을 쓰기 시작하고 과거를 하나씩 되돌아보면서 처음과 달라진 마음을 느낀다. 잘살던 시절의 나도 못살던 시절의 나도 지금의 나를 만들어 주었으며, 둘 가운데 한쪽이 없었다면 내가 없었을 터이니 똑같이 감사한 시절이었음을 느낀다.

고난의 경험이 나를 미움 박사로 만들어 주었다. 현실에서 미움이 얼마나 다양한 형태로 발휘되고 인간관계를 교묘히 가로막고 삶을 불행하게 하는지, 나만큼 잘 아는 사람도 드물 것이다. 부끄럽지만 내 삶의 전공은 '미움'이다.

어머니와 할머니의 삶을 돌아보면 미움으로 일관된 관계였다. 만약 드라마로 쓴다면 어떻게 될까?

"어머니, 이 나물 간은 어떻게 할까요?"

"그걸 또 묻니? 일전에 내가 소금으로 하라고 하지 않았니?"

할머니가 째려보며 말한다.

어머니는 다소곳하게 "네, 어머니." 답하고는, 이내 간장으로 간을 한다.

"이거 소금 넣은 거 맞니?"

한입 먹어 본 할머니가 다그친다.

"네? 어머나!"

"어째 열 번 백 번을 가르쳐 줘도 모르냐?"

할머니가 어머니를 노려보고, 어머니 입가에 보일 듯 말 듯 미소가 스친다.

드라마로 보면 누가 가해자이고 누가 피해자인지 헷갈린다. 이런 장면이 자꾸 반복되면 시청자들은 아웅다웅하는 두 사람의 캐릭터에서 재미를 느낄 수도 있지 않을까? 실제로 마음 깊은 곳에서 어머니와 할머니는 서로를 긁으며 재미있었을지도 모른다. 안타까운 점은 두 분 모두 여성이라는 낮은 자존감으로 인해 그렇게밖에 표현하지 못했다는 것이다.

글을 쓰기 시작할 무렵에는 두 분이 미움의 관계로만 보였다면, 글을 마치는 지금은 미워하며 사랑한 관계였음이 느껴진다. 냉정하기만 한 것 같았던 어머니의 사랑이 느껴지고, 날 버린 것 같았던 아버지의 애틋함이 다가온다.

미움이 인지되고 버려진 만큼의 자리에 사랑이 채워짐이 느껴진다. 그만큼 과거의 해석이 달라지고 느낌이 달라지고, 현실의 해석과 느낌이 달라진다.

조상님과 부모님이 왜 그렇게 모진 세월을 살았는지 이제야 알 것 같다. 응축된 고통의 에너지만큼 미움이 쌓이고 그 미움의 크기가 사랑의 크기이니, 못난 후손에게 엄청난 사랑을 전해 주고 싶어 고통을 자임하셨을 것이다.

이제 나는 내 삶의 복수 전공을 발견했다. 없는 줄 알았던 '사랑'이 바로 그것이다. 전공 아래 숨어 진가를 발휘하지 못했지만, 복수 전공은 사실 전공과 하나임을 알았다. 앞으로의 내 숙제는 전공인 '미움'과 복수 전공인 '사랑'을 필요에 따라 거침없이 쓰며 사는 일이다. 미움을 깨고, 사랑으로 채우는 일이다.

아들과 저녁을 먹으며 내 꿈을 말하자 격려해 주었다.

"엄마, 잘 될 것 같아."

집 나간 나로 인해 마음고생이 컸던 아들이었다.

"고마워, 우리 이제부터 가족이 서로 도와주며 잘 살아 보자."

남편도, 딸도, 나도, 아들도 고개를 끄덕였다.

"이제 엄마랑 동생 걱정하지 마."

"걱정 안 해."

고마웠다. 마음이 놓였다.

아들은 한의학과에 다니며 스타트업을 시작했고, 딸은 마음 공부를 본격적으로 하러 떠나려 한다. 나이 많은 남편과 나는 아이들이 걱정되지만 믿고 기다려 주기로 했다. 남편은 새 출발 하는 아들과 딸에게 하나씩 주려고, 붓글씨로 도종환의 시 〈담쟁이〉를 썼다.

단절되었던 가족이
다시 하나가 되었다.

지금의 나는
다른 사람이다

손 가는 대로 써놓고 보니 부끄럽다. 다시 읽어 보니 중언부언, 죽는소리 늘어놓은 것 같고 염치가 없다. 하지만 고치고 다시 쓰지는 않으려 한다.

분명 나처럼 미움으로 일관된 삶을 살며 고통받는 분들이 있을 것이다. 다만 한 분이라도 부족한 내 글을 읽으며 현실에서 어떻게 미움을 쓰고 사는지 알아차리는 계기가 되었으면 한다.

마음공부를 하고, 삶을 돌아보면서 알게 된 점이 적지 않다.

여자라서, 못생겨서, 부모님이 가난해서, 대학을 졸업하지 못해서, 돈이 없어서, 이런저런 이유로 내가 열등하고 수치스러운 줄 알았는데, 그게 아니었다.

'감사'를 몰라서였다. 먹이고 키우고 가르치는 수고를 마다치 않은 부모님께, 나를 위해 먹을 것과 입을 것, 그 밖에 보이거나 보이지 않는 것을 만들어 주신 세상 모든 분께 마땅히 감사했어야 한다. 그것을 모르고 미움과 원망으로 살았으니 참으로 부끄러운 일이다.

무엇보다 나 자신에게 제일 미안하고 부끄러운 것은 평생 '나 같은 거'라는 굴레를 씌우고 무엇 하나 허용하지 않았다는 점이다. 특히 '나 같은 거'는 절대 사랑받을 자격이 없고, 사랑을 줄 자격은 더욱이 없으니 입 다물고 숨죽이고 눈치나 보면서 없는 듯 살라고 몰아붙인 것이다.

글을 마치며 나에게 참회한다. '나 같은 거'에게도 사랑이 있었다. 아니, 사랑 그 자체였다. 미워하든 화를 내든 버리든, 그 마음 아래 거대한 사랑이 있음을 알았다.

이제 나에게 사랑을 허용하려 한다. 평생 미움 아래 짓눌려 있던 사랑에게 자유를 주려 한다. 사랑이 마음껏 사람과 사람 사이를, 가슴에서 가슴으로 뛰어다니게 하고 싶다.

행복은 느끼기로 마음먹으면 바로 느낄 수 있는 것임도 알았다. 내가 지금 불행한 것은 돈이 없거나 자식이나 남편이 속을 썩여서가 아니라 스스로에게 행복을 허용하지 않아서임을 알았다. 오랜 마음의 습관 때문임을 알았다.

이제 나에게 행복도 허용하려 한다. 미움의 에너지가 세서 저항이 크겠지만, 그 또한 마음의 습관이다. 마음의 습관을 바로잡기로 결심하는 일이 먼저다. 결심하고 하나씩 이겨 나가면 되는 일이다.

글을 쓰는 것이 그 자체로 엄청난 치유의 힘이 있음을 절감했다. 내가 쓴 글을 읽으면 나와 나의 상황과 삶이 객관적으로 보이며 고통의 분리가 일어났다. 그만큼 자존감이 올라갔다.

글을 쓰기 시작할 때와 지금의 나는 다른 사람이다. 남편과 아이들과의 관계가 좋아지고 웃음과 생기가 많아졌다. 삶의 의욕이 충만하고 꿈이 가득하다.

앞으로도 글 쓰는 삶을 계속하려 한다. 나의 경험이 누군가에게 작은 도움이라도 줄 수 있다면 그보다 더한 보람과 행복은 없을 것이다.

미움 하나 붙잡고 육십 년

ⓒ임영빈 2019

초판1쇄 인쇄 2019년 1월 22일
초판1쇄 발행 2019년 2월 8일

지은이 임영빈

펴낸이 김재룡
펴낸곳 도서출판 슬로래빗

출판등록 2014년 7월 15일 제25100-2014-000043호
주소 (139-806) 서울시 노원구 동일로183길 34, 1504호
전화 02-6224-6779
팩스 02-6442-0859
e-mail slowrabbitco@naver.com
블로그 slowrabbitco.blog.me
포스트 post.naver.com/slowrabbitco
인스타그램 instagram.com/slowrabbitco

기획 강보경   편집 김가인   디자인 변영은 miyo_b@naver.com

값 13,000원
ISBN 979-11-86494-49-3 03800

「이 도서의 국립중앙도서관 출판시도서목록(CIP)은 서지정보유통지원시스템 홈페이지
(http://seoji.nl.go.kr)와 국가자료공동목록시스템(http://www.nl.go.kr/kolisnet)에
서 이용하실 수 있습니다. (CIP제어번호 : CIP2019002264)」